建設現場

坂口恭平

みすず書房

建設現場

1

1

もう崩壊しそうになっていて、崩壊が進んでいる。体が叫んでいる。体は一人で勝手に叫んでいて、こちらを向いても知らん顔をした。崩壊は至るところで進んでいて、わたしは一人で気づいて、どうにか崩落するものに布なんかをかけようと探してみたが何もない。隣にいる者に声をかけてみたが、男は一切しゃべらず、それ以外にもまだたくさんの人間たちがいた。

現場ではいろんなものが崩壊していたが、それもこの建設の一つの仕事なのかもしれない。わたしは想像するしかなかった。しかし、昨日も寝ていない。もう数日寝ていない。正確に言うと、寝ていないことはなかった。宿舎はなく、眠る時間になるとその辺に散乱している毛布にくるまった。拳《こぶし》を枕がわりにして、それぞれ寝ていた。わたしも彼らの寝姿を見ながら、寝てもいいのだと知り、寝るようになった。

ところが寝ていても、夢の中ではまったく同じ場所があらわれ、わたしは同じように働いていた。隣の男は違う顔だった。向こうにいる男たちの顔は確かめることができない。夢ですらそんな調子だった。わたしはずっと働いていて、休むことができなかった。寝ているときでも汗をかいていたが、冷や汗ではなかった。それはちゃんと労働したときの汗で、それなのに体は疲れを知らず、声が聞こえてくるとすぐに起き上がった。

崩壊はまだ続いていた。建てても建てても定期的に揺れ、崩れ落ちていく。そのたびに日誌に被害の状況を逐一記録しなくてはならなかった。しかし、こんなことをやっても無意味だと多くの人が思っているのか、報告する側もされる側もどちらも上《うわ》の空で、誰も何も聞いていないようにみえた。日誌にはなにか記録されていたが、どれも何語かすら判別できない。いろんな国の人間たちがいた。もうすでに国なんてもので区切られていなかったので、それは住所の番地みたいなものにすぎなかった。

現場には日増しに労働者が新しくあらわれた。誰かやめていく者がいたわけではない。ところが現場が労働者で埋め尽くされることもなかった。おかしいとは思ったが、誰も疑問に思っていないのか、休憩時間に話しあうこともなかった。休憩時間がきても、どうせ「突然の崩壊がはじまりました、はじまりました」とアナウンスが聞こえてくる。しかもスピーカーはほとんど破れてしまっていて、今ではよく聞き取れなくなっていた。スピーカーから物音が聞こえたら、崩壊がはじまったことを伝えるアナウンスだということを、労働者たちはみな知っていた。先輩の労働者にまじって、わたしもそれがわかるようになっていた。

また誰かが寝た。寝ている間に、落石でもして死んだらどうするのか、とはじめは思っていた。しかし、石が落ちて死のうが、夢を見ていようが、実際に体を動かして働いていようが、崩壊しているものの姿すらわからず、働くことの必要性も感じることなく、ただ崩れていく。わたしは崩壊している地域を指差すと、新しくやってきたばかりの労働者に指示を出した。いつのまにかわたしは指示する側に回っていた。振り返っても仕方がない。時間はごまかしてくれない。幼い頃の思い出が、その都度《つど》灰色に色を変えてこちらに誤った情報を与えてくる。

スピーカーの音もうるさかったが、それよりも、頭に埋め込まれているこれはなんだ。誰も把握はしていなかった。時計はどこにも見当たらない。もうすでにわたしの体には、なにか時間を定めるものがあって、わたしにとっては違和感しかなかったが、記憶の時間よりずっと正確だった。中にはこの状態に慣れきっている老いた労働者もいて、彼を見ているだけで途方にくれた。

わたしは自分の感情を確認しようとしたが、そんなことをすればすぐに頭が気づく。いや、その前にスピーカーの音がした。

「崩壊がはじまってまーす」

若い労働者は、やる気を見せていた。老いた労働者もこの生活に一つの充実感を感じているように見えた。わたしはまったく馴染むことができず、ここでの規則一つ覚えておくことができず、新人が来ようともなにかここでの思い出一つ話すことができなかった。

過ぎ去っていく時間、一秒ごとがそれぞれ違う曲がり角のようだ。わたしはついそこから逃げることばかり考えているので、道を歩いたとしても、その方向感覚が体に染み込んでいくことがない。気づくと、新人は老いた労働者から崩壊したときに取るべき姿勢についてのコツを教えてもらっていた。

わたしは一人で、水を飲んでいた。その水がどこからきているのか、知らない。水は水筒に入っている。飲みきると、その都度誰か係がいるのか、係の者はわたしが飲みきったことを何らかの方法で確認し、水を汲みにきているはずだ。周辺には水汲み係がいるようには思えなかった。それだけでなく、わたしは周辺で働いている労働者たちの名前を一人も覚えていなかった。

自分がこんなに名前を覚えることが下手《へた》だとは思わなかった。他に自分に合う仕事があったのではないか、なぜそういうものを選択しなかったのか、いろいろと考えていたが、それもすぐに崩壊によって忙殺され、疲れると知らぬ間に眠ってしまっている。これもどうせ夢の中だと思って、なめてかかっていると必ず体のどこかを怪我《けが》した。怪我をすれば救急隊が駆けつけてきてくれる。手を挙げればすぐに救急隊がくるのに、わたしは手を挙げなかった。若い労働者はわたしに「怪我してますよ」と言うと、その場を一度立ち去り包帯と消毒液を持ってきてくれた。わたしは、この仕事場にまったく所属していない、と感じた。

何が起きているのかを知りたい、何が起きているのかを理解している状態で働きたい。みなどこかしらそういうことを考えているのではないか。休憩時間にわたしはそう口にしようとしたが、若い労働者の名前を耳にするだけで精一杯だった。肝心の名前は一切覚えることができず、音だけは耳にこびりついていたが、その音はガラスをこするような音で、わたしは混乱した。

家を出て、しばらく経っていた。そう振り返ろうとすると、また嘘の思い出が登場する。夕食を食べたり、風呂に入ったりしていたはずだ。一体、ここはどこなのだろうかと思う自分まていた。どこかなど考えてどうするのだろうか。ここがどこだろうと関係なかった。何度も自分でそう言い聞かせたが、まわりの人間たちはこの現場に対して、どこか愛着のようなものを感じているような気がした。それらはすべて気のせいだった。そんなこと考えずに、働いてそれで満足したら、家に帰って眠ればいい。しかし、わたしはいつまでたっても満足することなく、働くことを止めることもできなかった。

しかし、わたしはここから逃げだしたいと思ったことはなかった。新しく労働者たちが運ばれてくるトラックを見ても、わたしがあれに乗ってここにきたことすら思い出せない。休憩時間はもうすぐ終わるが、スピーカーからは音が聞こえなかった。労働者たちは不思議がることもなく、ゆっくりと腰を上げた。

誰かが声をかけてきた。ロンだった。ロンはトラックの運転手をしていた。ロンは裸足《はだし》で歩いていた。彼の名前は覚えていた。ロンとは何度も会っているわけではなかった。仕事をはじめた日にトラックの中で会って、一度、軽く話しただけだ。ロンに話しかけた。なにか言ったわけでもない。ただ声を「ああ」とか「うう」とかそんな音を出しただけだ。何語で話したのかすらわからなかった。

仕事場では共通語もなく、みなそれぞれの言葉で話していた。大陸から船で渡ってきた一五人の男たちがいて、彼らはこの仕事が割りに合うからか、休憩時間になることだけを心待ちにしていて、仕事自体に何も疑問を感じていない。彼らはビデオを持ってきていて、それを二本の柱の間に設置してある大きなテレビ画面に映して見ていた。彼らには彼らの生活様式があり、ここで安定して暮らしているように見えた。

ロンの顔を見ると、わたしはほっとした。彼を見ていると、昔の友人に似ているような気がした。しかし、思い出そうとすると、また例のあれがはじまった。頭の中で音がする。時計に似た音だが、これは時計ではない。体の中で動く、不気味な音だ。

ロンにもそれがあるのだろうか。わたしは身振りで、その時計に似た音が体の中に仕込まれてあるんじゃないかと、指を右左に一度ずつ振り、口でカチカチと音を出し、右の人差し指を耳の中に突っ込んだ。ロンは驚きもせず、首を横に振った。イエスなのか、ノーなのか、わからなかったが、わたしが言いたいことは伝わったような顔をした。ロンは「お前の言葉がわかる」と言った。それでもわたしは身振りと言葉にならない音で伝えようとした。ロンは仕事をしているようには見えなかった。トラックはエンジンがかかったまま、揺れながら停車している。

2

ロンは「小説を書いている」と言った。わたしはなんでそんなことを今、言ったのかよくわからず、もう一度聞き直した。ロンはまた「小説を書いている」と言った。唐突だったが、わたしは「小説を書いたことがない」とだけ返事をした。わたしは「小説ではないが、なにかよくわからない、なにかわからないけど、自分の中になにかある」という曖昧すぎてよくわからないことを言った。

わたしはずっとここで働いている間、誰かと話が合うことがまったくなかったので、ロンとなにかをつくることの話になり嬉しくなった。わたしは自分にもそういう気分が残っていることを知り、そのことについてもっと話してみたくなった。しかし、時間はない。ロンはウインクした。いや、時計はないんだから、できるってことじゃないか。ロンはここのシステムを理解しているのだろうか。ロンは「家族は誰もいない。ぼくはいつまでもここにいるわけじゃないが、ここも悪くない」と言った。

時間がはじめて自分のほうを向いている、と感じた。ロンはそれもわかっているのか。もしかしたら、彼自身もここで働いている間に、やり抜く方法を考えてきたのかもしれない。崩壊のアナウンスが鳴り、わたしが体を起こそうとしたとき、ロンはまた首を振った。そして、腕を握った。

「ここにはいろんな人間がいる、きみが今動かなくてもいいよ」と言いながら「チャベス!」と大きな声で呼んだ。トラックがバックしてきた。わたしは自分が担当している地域の崩壊かどうかを確認するために辺りを見回した。労働者たちは確かに十分すぎるほど多くいて、誰もわたしのことなど気にしていない。

座ったままでいることにした。時計の針の音が聞こえてきた。空耳《そらみみ》だろう。トラックの運転席が見えた。トラックはカーキ色で、泥がそこらじゅうにこびりついていた。地面に埋められた巨大な投光器がまっすぐ雲を貫いていた。送風機が稼働しているのか、人工的な強い風がトラックの向こうから吹き込んでいる。

運転席にいたのが、チャベスだった。チャベスは、こちらを見ると、甲高《かんだか》い声を出して、ドアを二度叩いた。乗れと合図しているのだろう。ロンはまとった法衣をぬかるみで汚れないように少しめくると、助手席のドアを開けた。わたしも車に乗りこむことにした。トラックはアクセルをふかしたが、進むわけじゃなかった。勝手なことはできないのかもしれない。ロンはわたしが席に座るとすぐにタバコを出し、マッチを天井の鉄板に当て、火をつけた。わたしはタバコに口をつけると深く息を吸った。久しぶりに深呼吸をした。

ロンは「チャベスは特別なんだ」と言った。何が特別なのかはよくわからない。それでもわたしは安心した。三人がけの運転席で一列に並んだまま、フロントガラスから見える風景は崩壊した壁だった。崖にしか見えなかった。一体何を建てているのか、とロンに聞いたが、ロンは「知らない」とだけ言った。

チャベスはロンを実の兄のように思っているようだ。一本のタバコを三人で回した。トラックのエンジン音が車内にも鳴り響いていて、言葉を交わしてもよく聞こえない。それでも、わたしは休憩時間とはまったく違う状態でいた。本来の自分に似ているような気がした。「この時間はいつまで続くのか」とロンに聞いたが、ロンは「知らない」という顔をした。言葉を交わしているのか、表情で伝え合っているのかわからなくなった。働いているときと体の感じ方が違うのはわかった。

すぐ仕事に戻ることになるのだろう。しかし、ロンはそう感じているようには見えなかった。チャベスもハンドルを回したり、アクセルを踏んだりしている。ずっとこうやって暇をつぶしているのかもしれない。席に座ったままだったが、疲れてはいなかった。もう一度、ドアの窓から現場を眺めた。別に自分がいなくても問題がないことはわかっていたが、それでも崩壊を知らせる音が鳴ると、体が自動的に動いた。

「やっぱり、仕事に戻るよ」と言うと、ロンは「まだ行かなくていいよ、そこに行くのは自分の意志じゃないから」と言った。そんな意味に感じられたのか、知っている言葉で直接聞いたのか、もう考えなかった。

3

日誌にはほとんど何がなんだかわからないものしか書き残されていない。あれは誰が読むのだろうか。毎日、過ぎていくが、まったく記憶することができていない。経験したことが体に染みこんでいかない。それでもクビになってはいないわけで、何もできていないわけではないはずだ。書くことができているのだから、まったく記憶喪失になっているというわけでもないのだろう。

勘違いならいいのだが、休憩時間に他の労働者たちがしているなんてことのない話に耳を傾けると、自分の知らないことばかりだった。数日前の話をしていて、しかもそれを自分も見ているはずだ。しかし、見ているものを覚えられない。見ていることは見ているが、それがなんだと理解しつつ、見ていない。説明がなかなかできない。

普通に話をすること自体も億劫になってきた。まわりの労働者たちはわたしのことも同じ一員だと思っていて話しかけてくるが、どこかずれていて、それがどこかもわからない。こういうことを書いても仕方がないと思うが、書かざるをえないのは、わたしが困っているからだ。

今日は移動日だった。天候が悪く、移動するためのトラックに乗り込むまでにずいぶん時間がかかった。トラックが時刻表通りに動くことは一度もない。あるときは五時間も待った。そもそも時計がなく、すべては勘に頼るしかなかった。慣れてくればある程度わかってくる。ところが、それが正確な時刻なのかどうかはずっとわからないのだ。

二時に出発する予定だったが、トラックが到着したとき四時半をすぎていた。トラックは走り出すと、道が悪いからか、すぐに故障していまい、次のトラックがやってくるまでまた待った。ロンは乗っていなかった。ようやくやってきたトラックには満杯に人が押し込まれていて、わたしは体を外にむき出し、ぶらさがったまま移動した。暗くて、どこに移動しているのかわからなかった。

視界が広がる。風景が見える。ところが、それで見えていることに慣れて、つい苦しさを忘れると、その先の風景がまったく見えなくなってしまう。まるで夢から覚めたみたいに、思い出そうとしても、次々に形を変えて、伝言ゲームのように最後にはまったくいびつな過去の風景が現れたりする。同じ時期に働きはじめた人間たちが、なぜか自分よりここの事情に詳しいような気がした。それもこれも自分の記憶できない性質がそうさせているのか。しかし何が、どこが悪いのかわからない。

4

トラックを降りると、売店が見えた。至るところで焚き火をおこしていて、まわりに毛布にくるまった人間たちが寝ていた。雨は止んでいたが、地面はまだぬかるんでいた。そこにダンボールや型枠《かたわく》用のベニヤ板を敷いて、どうにか寝るための場所をつくっていた。もう深夜だったが、働いている労働者たちがいた。移動した先は、前に働いていたところよりも大きな現場だった。わたしは二階に配属された。

この現場は三つの班に分かれていた。列に並んで、テントに近づくと緑色の首紐《くびひも》を渡された。首紐にはビニール製の名札入れがぶら下がっている。そこに自己証明カードを入れるのだが、そのとき貼られている証明写真を見た。自分の顔を見たのは久しぶりのことだった。写真に写っているわたしはまったく何の不安も感じていなかった。

写真を撮ったのは、海沿いの行ったことのない場所で、電車で向かった。腹が減ったので、申請する窓口がある建物の向かいの店でホットドッグを食べた。オープンテラスのようになっていて、わたしは海辺の遊歩道を見ながら座っていた。大きな樹木が植えられていて、台風が過ぎた直後だったからか、風はまだ強かったが、生温かく心地よかった。それを思い出すだけでも今、体が少し温まった。ここは寒い。

わたしは夜九時から夜明けまで二階の壁を作るように命じられた。自分で思い立ち、働きはじめたことは確かだが、それでも自分がどこにいるのかときどきふっとわからなくなるときがあった。それなりにわたしは働いてきたはずだ。仕事の内容もある程度は理解しているつもりだ。しかし、本当にそうなのかどうかをいつも振り返ってしまう自分がいた。

現場が変わるたびにやり方も変わった。その都度、一緒に働く労働者も変わった。だから顔を覚えることができないのも当たり前だ。しかし違う顔に見えているだけで、本当は毎日同じ労働者たちと働いているのかもしれなかった。

建設中の建物は水屋《みずや》と呼ばれていた。かすかな焚き火で見える真っ黒い建物の塊は巨大で、高く上に伸びていた。足場が組まれているわけではなかった。むき出しの大きな柱と床があるだけだ。二階は思ったよりもさらに広く、床というよりも地面がずっと向こうまで続いているように見えた。体は疲れていたが、眠気は少なかった。壁をつくるためのレンガを、一階に止まっている運搬車から縄と滑車を使って二階に運び入れる仕事からはじめた。ただ運ぶだけの仕事だったが、縄の縛り方や滑車の具合を見て油をさすタイミングなど、細かく丁寧な仕事になると、何度やってもうまくいかなかった。

隣の白髪《しらが》の労働者にお願いしたところ、文句も言わずに彼はすぐに手伝ってくれた。老人の名前はマレと言った。聞いた途端に名前を書いておけば、忘れてもここには残る。ここにはマレともう一人若者がいて、彼はウンノと言って、ウンノはずっとここで働いているのかいろんなことに詳しかった。ウンノは本を手渡してきた。本と言ってもホッチキスで留めただけの薄い数ページの紙束だった。ウンノが書いたわけではないという。中を見ると、いろんな言葉で書いてあって、ほとんど読めなかった。しかし、ところどころ知っている言葉もあるにはあった。ウンノは「読めるところだけ読めばいい」「誰かから回ってきた」「こういう本が、いくつか出回っている」などと言った。本の表紙には汚い字で何か文字が書いてあったが、やはり読めなかった。『ヌジャの眠り』という書名だとウンノが教えてくれた。

ロンとはあれ以来会えないままだ。

5

わたしは渡された図面をもとに、ちゃんとそれが図面通りに施工されているのかを監理する仕事をするようになっていた。ウンノから聞いた。ウンノは伝達係のような仕事をしていた。ウンノは仕事場に馴染んでいた。彼には疑問がなかった。ここでは、誰がどこまで何を知っているのかが不明で、それを不明なことだと感じているのが、自分だけだと思ってしまうのは勘違いなのだと思う。誰しもそういうところがある、という声がしたがそれは頭の中の声で、わたしの声ではなかった。

6

柱をつくる職人たちの前で図面を広げたが、できあがった柱の形が図面と違う。そう伝えたが、誰もが笑って「仕方がない」と言って聞かない。柱は一本まっすぐ天井に伸びているのではなく、真ん中まではまっすぐだが、そこから枝分かれしていて、八本の細い柱になって、それぞれが天井にくっついているような複雑な図面になっていた。これをコンクリートでつくるわけで、そのためには型枠をそのようにつくらないといけない。彼らは器用にそこらへんに転がっている、使い古しの型枠ベニヤを手にとっては、ああでもない、こうでもないと言いながら作っている。その都度、言葉の問題にぶつかって、それでこの言葉はどういう意味なのかを隣の人間に聞いたりしている。一つの劇のように見えた。

ある男は、自分のことをサールと呼び、サールはまず数字のことがわからないと言い出した。数字のことを説明するために、みな売店へ向かった。売店は生えている菩提樹《ぼだいじゅ》にビニールシートで屋根をかけただけの小屋だった。労働者はみんな休憩時間になると売店に集まった。すぐにゲームのようなものをはじめた。板の上に置いてある駒を動かしているので、チェスのようなものかと思っていると、それを弾《はじ》いて相手の陣地に放り込んだ。駒のような玉が板の上を終始転がっている。

売店ではマムという老婦が一人で働いていた。しわくちゃの顔で、褐色のマムは白髪を団子《だんご》にしている。マムは綺麗な身だしなみで、服にはアイロンもかけているように見えた。黒いワンピースには町並みのような刺繍が施されていて「そこから来たんだよ、そこからずっと歩いてきた」とマムは言った。

菩提樹の枝には果物がかかっていて、それは自由に食べることができた。わたしのところにもバナナとオレンジが回ってきた。果物を入れたダンボールが転がっていて、焚き火に使っていたダンボールはこれだった。お店と呼べそうな場所はここだけで、マムはここで一稼ぎしているのだろうか。果物は切って、専用の箱に入れて、出前を頼むと働いているところまで持ってきてくれる。時間はかかったが、必ず忘れることなく持ってきた。お金を払っている者は一人もおらず、マムはただ持っている帳簿に書き付けるだけだった。ここでは給料は支給されない。そのかわりいろんなカードやチケットが渡された。

売店横に設置されている電光掲示板には、その日に向かう現場の情報が表示される。今日は雨が降っていて、電光掲示板からは煙が出ていた。しかし、誰も気にする者はいなかった。故障すればすぐに修理する職人があらわれた。ここではいろんなことが滞りなく進んでいた。わたしは進んでいない。放っておくと、どんどん時間が経っていく。

大声が聞こえたときには、玉は相手の陣地の中に入りこみ、マムは煽るように劣勢に回っているチームに対して、白い歯を見せながら吠えた。歌をうたっていた。それは戦いの歌で、もう一度うたってくれとお願いしたが「あれはそのときの歌で、歌は毎回変わるんだよ」と、ゲームに参加していた同じ二階で働く労働者が教えてくれた。彼はムラサメと名乗り、家族の写真をいつも手に持っていた。家族と離れているのかと聞くと、家族はずっと遠くにいて、実をいうと一度も会ったことがないと笑った。どういうことなのか、もっと詳しく聞こうとしたが、それもこれもすべては戦いが終わってからだ、と勢いよく彼は玉を転がした。玉は縁《へり》に当たると空中に飛び、それを求めて駒を持った数人の労働者たちが、空中で玉を奪いあった。結局、玉は地面に落ちたのだが、それでゲームが終わった。落ちた玉を味わうように労働者たちは眺めながら、互いに語りあっていた。

彼らは酒を飲んでいた。ここでは酒を飲むことはゆるされていたが、酒はどこにも売っていなかった。酒は誰かがつくっているはずだ。わたしも酒でも飲んで弛緩したいと思ったが、売り場は誰も教えてくれなかった。ウンノは酒を飲まなかった。わたしは二階に戻って本を読んだ。

7

そうこうしているうちにまた崩壊がはじまった。わたしもすぐに図面をたたみ、一足先に向かっていった労働者たちの後ろから追いかけた。音もせず突然崩壊ははじまる。わたしは崩壊自体を止めないことには、この建設は永遠に終わらないと思うのだが、そういう議論は一切出ない。むしろ、崩壊は建設の一部であると思っているようだった。到着した労働者たちは、はしごを両脇に立てかけ、体格のいい二人の労働者がそれぞれ登った。二人は協力して細長い一枚の板を持ち上げると、布をはさみ、釘で打ち込んだ。

わたしにも声がかかった。布の端を持つように首で指図された。チャベスに似た男だったが、もちろんまったく別の人間で、彼はわたしに対して、なんでこんなこともできないのか、と言うような顔をした。が、それも仕方ないことだ。わたしは崩壊のたびに参加してはみるのだが、いつも初めてやっているように感じ、何からはじめたらいいのか躊躇してしまうからだ。ずいぶん寝ていない気がしたが、眠気は飛んでしまっていた。布を上に放り上げ風を中に取り込むと、労働者たちは一気に内側に入りこんだ。落ちてきた瓦礫は風船のようにふくらんだ布に当たると周辺に飛び散った。

青い服を着た清掃員たちがやってきて、ちらばった瓦礫を片付けている。瓦礫はトラックよりもふた回りほど大きなタイヤの運搬車に乗せられて、その車はガルと呼ばれていた。ガルにはベルトコンベアーがついており、瓦礫は仕分けされて、荷台に運ばれていく。仕分けはどのように行われているのか調べたくなった。いま、わたしはいろんな衝動を感じている。わたしはいま、ここを知りたいと思っている。ここはいずれなくなる。そう感じたからだ。

ここはいつか消えていく。だからこそ、崩壊を止めなくてはいけない。これは本能みたいなものだ。本能で動いていて、それがどういう意味を持つのか、それをなぜするのか、という疑問の前に、やらねば消えるという切迫感があった。ここには何もいない。精霊もいない。遠くからきた者たちの中には森の中から出てきた者もいるはずで、首に金属製の装飾品をぶらさげている労働者を見かけると、死んだ者につけるはずの装飾品なのではないかと思ったりした。時々この建設現場で、わたしは別の場所のことを感じることがあった。しかも一つではなく、いくつも。

ガルの手前には濃い緑色のバスが止まっていた。九台止まっていたのだが、整列しているわけではなく、ばらばらの方向を向いたままバスとバスの間には壁が作られ、一つの住居のようになっていた。ここに住んでいる者がいるのかもしれない。窓からは蛍光灯の明かりが見え、カーテンがかけられていて、生活感もあった。小さな子どもたちの姿も見えたような気がした。笑い声も聞こえてきた。

わたしの現場とは違っていた。そもそも雇っている会社が違うのかもしれない。何人か白い服をきた人間が出たり入ったりしていて、彼らは綺麗な身なりをしていた。ガルに乗っている清掃員たちとは違う身分であるように見えた。スクリーンに映像が投影されているように、そこだけ空気が違っていた。

わたしは労働者に囲まれ、肩を組まれた。わたしはうれしくなった。手渡された器を見ると、芋をすりつぶしたようなスープで、食べたことのない料理だった。レストランなどはどこにも見当たらない。厨房があり、誰かがつくっているのだろう。

崩壊に駆けつけてきた労働者たちの話していることはあまり意味がわからないのだが、彼らにはもう一つ別の言葉があって、手のひらでいろいろと伝えてくる。彼らの手のひらは言葉よりも的確にこちらに感情が伝わってきた。まだ雨が降っていた。先はほとんど見えなくなっていたが、蛍光灯と焚き火の明かりが点在していた。

8

夢ならすぐに入ることができるのに、わたしはこの目の前の現実にすぐに入ることができない。目は見たものを確認するというよりも、見えないものを探す道具に思えた。わたしのまわりには何人か人間がいたし、動物もいた。犬に似たそれは一目見て犬ではないとわかった。鳴き声が違ったからか、尻尾がなかったからか。尻尾がないわたしはそれと同じ似たものを感じたのか。他の人間に尻尾があったのかどうかは確認していない。犬に似た生き物は飛び上がるようにして走り去っていった。そのときの動く様、その足なのか、手なのかわからないが、指先まで一つになって、どこかへ骨を動かすその筋肉を隠す毛並みが嵐のようにこちらに向かって砂つぶを吹き飛ばした。一つ一つの動作は遅かった。わたしはそれを鉛筆ですかさずスケッチした。

「方法ならいくつもある」と大道芸人が言った。

大道芸人は、生まれる前は路上でものを売っていた。大道芸人は白い化粧もしておらず、皮膚は剝がれ落ちていた。それが彼の皮膚なのか、そういう仮面をかぶっているのかわからないのは、そこにつなぎ目がなく、顔と首の間にいくつか抜糸した痕《あと》が残っていたからだ。

大道芸人はずっと話していた。彼は「大家族で動いている」と言った。大家族といっても血のつながりがあるわけではなく、彼らは通りすがりだろうと無視をしない。だからわたしにも声をかけたのだ。彼らにとって、わたしは家族の一員であった。間違いだと反論することはできなかった。彼らは労働者たちが働いていようが、まったく気にすることなく芸を披露していた。

わたしは見覚えがあった。

「それはわたしが生まれる前のことだ。これはわたしではないが、わたしの祖父が見たものだ。祖父とは生まれてしばらくして会った、それは道端で、橋を渡ろうとしてロバを引いている老人だった、それが祖父だとは知らなかったが、祖父がわたしはお前の祖父なのだと断言したのだ」と大道芸人は言った。

「ロバは今ではもう死んでしまった、それでもこの動物に成り代わっている」

大道芸人はその犬に似た生き物を優しくなでた。手を口の中につっこみ、よだれだらけになった手の甲は血だらけだった。犬に似た動物はまだ噛んでいる。牙はするどく、ロバの面影はない。しかし、大道芸人は頓着せず、むしろ、その違いこそ、彼らを結び合わせるための道具、道具といっても、そこらへんにちらばっているような工具ではなく、握手や抱擁、そういうものこそが道具であると確信を持っていた。大道芸人は笑いながら、口からなんでも出すことができた。

「薬だってある」と男はそう言うと、目の前で手のひらを広げた。値段を交渉しようとしていた。わたしはポケットに入っていた、いくつかのチケットを取り出した。大道芸人はその中から紫のチケットを見つけるとすぐにつまんだ。売店でも使えなかったチケットだ。こんなものでいいのかと疑問に思ったが、彼は喜んでいるので、薬と引き換えにチケットを手渡した。すぐに犬に似た動物がそのチケットを噛むと、すぐに男から離れた。彼は痛かったのだろう。もう一方の手で、噛まれたほうの手の甲を触っている。

大道芸人はウインクすると、彼の見てきたこと、これまでの遍歴を話しはじめた。ずいぶん歌は聞いていなかった。音楽のことなどほとんど忘れかけていて、それでも音がなったり、少しのこすれた音でも、耳をそばだてて、体を震わせたりしていた。大道芸人は他にもなにかくれたが、それをうまく言葉にできない。輪郭を思い出そうとすればするほど、少しずつ形が煮崩れした。

腹が減っていた。男からもらった薬を飲んだ。わたしは腹が減っていたことを忘れるたびに、このことを思い出すだろう。毎回、忘れるからだ。それはとても新鮮な野菜のように、わたしには栄養のあるものだと思えた。わたしには栄養が足りないような気がした。食事はおもうようにはできていなかったが、いつでも匂いを嗅げば、満たされた。匂いと食事が一緒くたになってあらわれ、それでわたしは彼らの出し物を見たあとによく叫んだ。アンコール、アンコールと。わたしは今でも観ることができるあの出し物のパンフレットを手に持っている。だから、これは見ただけでなく、経験したことなのだ。わたしは自分に起きていることが、自分にだけ起きているわけではないことを、それぞれの人間の肌で体感することについて考えている。そういったいくつかの考えは、こういう場所でしか起きないし、大抵《たいてい》は眠っている。眠っているときに起き出すいくつかは、大道芸人がわたしの目の前で起こす魔術のように種も仕掛けもあり、そのいくつかは既視感すら感じた。

9

現場の頭《かしら》はペンという初老の、身長が二メートル、メガネをかけた静かな男だった。彼は図面の上に地図を広げていた。それがどこの地図なのか、わたしは聞かなかった。うとうとしていたからかもしれない。実際にペンがそのような行動をしていたかを、覚えていることはできないから、これを書いている。たくさんの人間がここにはいて、そこでのことを逐一わたしは持っていた鉛筆で書き込み、つまり仕事どころではなかった。しかし、誰も文句を言う者はいなかったし、そもそも彼らだって集まって輪になって、柱を真ん中にして、何を話しているのか。しかし、それを馬鹿なことだと言う資格もわたしにはなかった。現場監督のようなことをやらされているとは言え、昨日まではただのレンガ運びだったからだ。わたしはレンガ運びのほうが自分に合っていると思っていたし、今のこの仕事はあまりにも覚えることが多すぎた。

まず図面を見ることが難しく、実際にわたしはペンに何度も図面の見方を聞いた。その都度、ペンはまず図面の前に、図面の前に、と繰り返した。ペンは床に座ると、目を閉じた。もうすでにずいぶん時間が経過している。労働者たちはペンのまわりに座りはじめた。こんなことでは仕事はなかなか進まない。寝ていてもまたこの場所にいるので、一体いつ自分が寝たのかを知るために、目印を書いておく必要があった。ペンは「そんなことでは熟睡できない」と言ったが、わたしはその忠告を聞きいれなかった。しかし、ペンはそれに抵抗したり、わたしが勝手なことをしても、何も文句を言わない。現場ではみなそうだった。誰も他人に対して、何か言うわけではなかった。むしろその逆で、ここではあらゆる人間がそれぞれの作業を、黙々と自分の思う通りにしていた。

図面など必要ではなかった。図面は手書きだった。線が揺れていて、ところどころ子どもが描いた線じゃないかと思う箇所もあった。そういうところには、大抵、印がしてあって、ここは後日、新しい図面が来るんだとわたしは勝手に思い込んでいた。ペンは「そういうところこそ、職人の技の見せ所なんだ」と言い、黙り込んで考えはじめる。彼の腕前は噂になっていた。ペンはこちらが思っていることを、口にしようとしていることを、理解することができる技術を持っていた。彼が仕事を中断するのは、わたしがさぼっているときだった。

10

大道芸がはじまった音を聞いたときには、歓声があがったが、わたしはそんな気にはなれなかった。なぜいまはじまるのかということだけでなく、わたしは同時に、なぜここでと思っていた。わたしは相変わらず鉛筆を手に持って、図面と向き合っていた。ペンもそこにいた。集まっている職人たちの顔ぶれは変わっていたが、それもよくあることだ。バルトレンがあの大道芸人だったのか、果たしてわたしはどちらのことを知っていたのか、ポケットのなかにはチケットが残っていて、しかしそのチケットも別にわたしは確認したこともないので、それがどのようなものでどんなことに使えるのか知らないことも多く、まわりの人間に聞いてもどれも違う意見、というよりも、おのおの使い道があり、なかには抜け道があり、それを使って違う職場へ行ったりすることもできるという。

歓声が起こり、二階の職人たちもそれには過敏に反応した。犬の吠える声がした。犬に似た動物のこともまだ頭のなかにあった。わたしはもうほとんど信じていなかったんだと思う。この状態に対して、まずはじめに疑う、そして味わう、そして空気を吸う、というようなむちゃくちゃな順番で生きていた。しかし、今日はただ喜びを書けばいいのではないかと思う。それくらい時間を忘れていた。崩壊と同じように、大道芸がはじまった途端、あらゆる現場の人間たちはすべてを放り出し、側道に並び、立ち並ぶ建物の壁のない二階や中には七階など高層階の人間も足を投げ出し、狭い02通りに注目した。02通りを見て、わたしは自分が知っていたもの、わたしがずっと困っていたもの、つまり、知らない、知ることができない、覚えることができないと思っていた、頭に浮かぶもののことを思った。それは通りですらなく、小さな路地ですらなかった。それはただの一本の樹木だった。樹木だけでない。わたしは地面の下のことまでいつも思い浮かべた。地面の下の虫を久々に見た。断面が見えていたわけではない。わたしはそのなかに潜りこんでいたし、いくつかの泥は鼻の穴に入りこんで、それが毛先と格闘しているのか、戯れているのかわからないが、がさごそと動いているのを感じていた。わたしはずっと遠いところから見ていた。実際に穴を掘ったわけでも木立の中に足を踏み入れたわけでもなく、ただわたしの体には眺めている景色が、充満していた。窓があったのか、そこにわたしはいた。家に戻ってきたような気がした。足を投げ出した。空にはいくつもの汚れた靴がぶらさがっていた。靴はしばしの休息を、喜んでいた。わたしもそう感じていた。

マムだって今日は嬉しかったんだろう。帰りに寄ると、マムは恋人なのか知らないが、そういう風に見える男と二人で店に戻っていて、風が吹いたからか、屋根のビニールシートはずいぶん遠くに飛ばされていたが、マムはいつもの調子で、食べ終わった果物入れを回収するついでに、男と助け合いながら、枝にひっかかったビニールシートを、引っ張っていた。

11

『ヌジャの眠り』をずっと読んでいた。これは読んでいるというのか、わたしは言葉としては理解できていないのかもしれない。知らない言葉も多く、ところどころ聞いたことのある言葉、いくつかは慣れ親しんだ言葉も見つけることができた。それなのに、わたしは右から左へただ読んでいた。わからないところを飛ばしているつもりもなかった。表紙には２７９８と数字が並んでいた。著者の名前はどこにも書かれていなかった。

12

細部を見る。俯瞰する。それはどちらもわたしの目ではない。わたしは見ることはできる。しかし、見たものを記録するという作業に入った途端、それがわたしではなくなってしまう。わたしは、見ている状態をそのまま、わたしが知り得ない方法で、具体的に浮かび上がらせたい。いつからこんなことを考えるようになったのか。思い出そうとしても無理な話だ。生まれる前からそうだった。見る見ないの前にも、知覚する方法は無数にあったはずだ。聞いたことのある音を耳にしたとき、わたしは見たり、聞いたりすることが分かれる前、まだ一つの塊だったときのことを思い浮かべたりした。仕事をしながら、生まれる前に聞いたことがある音が耳に入ってくることが実際にあったりした。こんな慣れもしない場所で、慣れ親しんだ音を聞くのだから、音というものは人のことを考えているのではないか。ばらばらになった破片が重力のようなものに引っ張られて集まっていく様子を思い浮かべながら、わたしは物音を聞いたり、人から道具を受け取ったり、地面の上を歩いたりした。

13

仕事が終わったあと、ペンたちについて行くことになった。ペンに誘われたわけではない。ペンの近くにいたタダスと話していたからだ。タダスは二階で働いてもいたが、彼にはいろんな仕事があって、道具を揃えたり、足りないものを補充したり、何よりも彼は無線機を持っていた。電話はなく、すべて無線で連絡しあっていた。わたしも電話は仕事につく前に解約するように言われた。

タダスの話によると医務局という場所があり、混乱した人間たちはそこに運ばれるという。モリと呼ばれていた医務局は、いま働いている現場、C地区の中にある。C地区は広大で、医務局だけでも三つあるという。水屋から02通りを売店に向かって歩き、二つ目の四つ角を右に折れると瓦礫置き場があった。仕分けをする清掃員たちが出入りしていた。ガルが通るために02通りだけはアスファルトでしっかりと舗装されている。

無線でタダスが呼んだからか、いろんな人間が集まっていた。瓦礫置き場のすぐ横にある路地を入ると、一本の大きな木があった。ここに来るまでに長い時間がかかった。わたしはこれを思い出しているのではなく、つまりわたしはそこで夕食を食べたのではなく、わたしは話を聞いていただけなのかもしれない。夜に外出することはほとんどなかった。このときだけは無線の声が耳に入ってきて、わたしは一緒に歩きながら、腹が減っていることを知った。すぐに薬を探したが、ポケットに入っていない。チケットもなくなっていて、どうすればいいのかと途方に暮れているとバルトレンが現れた。バルトレンと会ったのはさっきの大道芸だったのか、今初めて見かけたのか定かではないのだが、わたしは帰り道を迷うことないようにと、とにかく地図を描くようにしてこのメモを書いている。

14

屋根はなく、四方は壁で囲まれていた。顔を上げると大木の茂みが目に入り、葉の隙間からは青黒い空が見えた。タバコの煙が頭のすぐ上をずっと漂っていて、天井のように見えた。冷たい風が吹いていて、とにかく寒かった。スープのようなものを食べることができたのだが、食欲がなかった。寒さをしのぐためだけに飲んだ。じゃがいものスープだった。しかし、なんで毎回同じ白濁色のスープなんだろうか。こういったものばかりみんなも食べているのか。チョコでもあればと思ったが、チョコを食べている人を見たことはない。わたしはバルトレンがそこにいたことにすぐに気づいたが、ペンたちは崩壊のことについて議論していたからか、見向きもしなかった。

崩壊についてはそれぞれがいろんなことを言っていて、しかも、みんなわかったような言葉で言うので、不思議で仕方がなかった。どうせ誰にも理解できない。理解できていたら、とっくに崩壊は止まっているはずだ。崩壊は建設工事を遅らせている唯一の原因だった。もし自然現象ならば、ここに建設しようとしていること自体問題がある。

ペンは「崩壊は定期的に起きていて、時間を測れば、ほぼ二時間ごとに起きている」と言った。彼は自前の時計を持っていた。時計ならまず現場に入る前の保安室で金属探知機に引っかかるはずだ。時計の針は夜の十時を指していた。ペンは何か探ろうとしていた。彼はただ働いているわけではないように見えた。

崩壊が機械仕掛けによって起きているとは思えなかったが、ペンはそう感じているようだった。C地区からは崖が見える。その向こう側にナミと呼ばれる場所があるとペンは話していた。わたしは知らなかった。広大な敷地にもかかわらず、この現場には地図がどこにもなく、隣の地区を示す標識しかなかった。標識といっても、公式のものではなく、誰かが木片に文字を彫っているだけで、しかもその文字も読み取ることができなかった。どうやらペンたちはここで意見交換をしているようだ。

眠くなってきたので、体を動かそうと歩きはじめると、腕にはめている計測盤のメーターが赤いところまで振り切れた。この計測盤は時計に似ていて、わたしはこの計測盤のことを時計だと思い込んでいた。計測盤と呼ばれていたが、示されている数字や記号を読み取ることはできなかった。

そもそもナミが存在するのかどうかすらわからない。バルトレンの姿が目に入った。何度も彼を見ている気がする。わたしは自分で書いたメモを読み返そうとした。すぐにいつの話なのかわからなくなってしまう。バルトレンは酔っていた。ここは酒場なのか、いたるところで酒の匂いがした。わたしはここにもう一度、戻ってくる自信がない。すぐに道を忘れてしまう。自分の体を少し高いところから見る、ということができない。目の前の道だけがいつも、こちらに向かってくるので、わたしはぶつからないように用心することしかできなかった。

ペンは何か知った気になっている。しかし、彼が言っていることはどれも上の空で、なぜ周囲の人間たちが頷いているのかわからなかった。わたしが理解していないのではなく、不連続な言葉がつらなっているように聞こえた。

バルトレンは陰鬱に見えたが、彼は大道芸人だ。これもまた無言劇の一つなのかもしれない。バルトレンは椅子に座っていたが、周囲で騒いでいる労働者たちに隠れてしまっていた。わたしはしゃがみこみ、靴紐を結ぶふりをしながらバルトレンを見ていた。彼は老いていて、本当にそうとしか見えないほど、骨までむきだしにしていた。彼のやっていることは道化芝居なのだろうが、誰もそれを芝居だとは思わなかったはずだ。何よりも彼の存在自体、空疎なもの、煙の一つのようにしか感じられない。しかし、ここはもしかして劇場なのではないかとわたしは考えはじめていた。

15

彼は哲学者なのか、ただ何かつぶやいていた。聞き取れないのではなく、はっきりと聞き取れる、その口の動き、舌の動き、喉の奥で鳴らす小さな音までこちらにはっきりと聞こえてくるくらいの、堂々とした言葉を放ってはいたが、そのすべてが、彼の言葉のすべての意味が、わたしには悔しいくらい理解ができなかった。それは彼が別の言語を話しているわけではなく、働いているときのわたしの体の動かし方とは明らかに違っていたからだ。

わたしは心踊っていた。この一瞬だけでもいい。わたしは靴紐を結び終えると、そのまま膝をついて四つん這いのまま、バルトレンに近づいていった。しかし、バルトレンに気づかれてはまずい。ここはまさに彼の劇場で、わたしは一人の観客にすぎなかった。わたしは鉛筆を離さなかった。離すものか。何かから抜けだしたように体が軽くなった。仕事が終わったからではない。酒も何も入っていなかった。腹の中ではスープが、味もないスープが、胃袋を揺らしていた。ペンたちはまだ議論に熱くなっている。それもまたよい。彼らが議論している場所をわたしだって今感じていた。労働者たちの足元で、わたしはただバルトレンの行動に魅せられていた。演技とは思えなかった。それは消え失せる前の、もう二度と再会できない虫のようなもの。わたしは自分の中で崩れ去っていく記憶のことを思い出した。記憶の一つ一つは石ころや砂つぶ、崩れ落ちる植林のようにわたしには風景としてしか映ることはなく、そのことに恐怖心を抱くこともなかった。

バルトレンは黙ったまま、時間が止まったようになっていた。それなのに体は柔らかく、顔は麻酔でも打ったような穏やかさを浮かべている。訓練しようのない動きで、彼は見られていることすら気づいていないようだった。わたしはそのとき、観客であることから解放されていくのを感じた。わたしはこの目で見て、そして、指を動かしている。この動きはバルトレンが巻き起こしていたが、それは彼に感化されたというよりも、確かにわたし自身から湧き上がっていた。落ち着くんだ、という自分もいて、それは目が覚めたわたしかもしれない。相変わらず、労働者たちの声、集まっている人間は何百といて、みな泥をかけあい、足首までぬかるみに浸かったまま立ち食いしている者までいた。耳はそんな声をしっかりと聞き取っていた。

バルトレンの声はほとんど消されてもおかしくなかった。しかし、わたしはいま、はっきりとその言葉を聞き取っている。彼と同じ空間にいて、わたしはそれを見ている観客としてではなく、彼の言葉をただ浴びていて、こちらの意志を吹き飛ばし、被爆するような気分で、それでもいいと思って、わたしは向こう側に行こうとすらしていた。どこか向こう側へ。崩壊よ起これ。仕事は続けるだろう。明日を待つことなく、労働者たちはまた新しくやってくる。わたしは忘れ続ける使い物にならない労働者であるが、今はバルトレンを見ていた。目が話しかけてきた。わたしは鉛筆を動かしながら、目を離すことなく、バルトレンの動きの一部になっていた。

バルトレンは高齢の男が寝ている病室にいた。男は衰弱しきっていた。病室は解体が進み、取り外された天井の穴からは爆風が吹き抜けていった。男は静かな場所にいて、ただの枯れた木が一本、ガラス窓越しに見えた。それはわたしがこれまで見てきた樹木の中でも一番記憶に近いものだった。男はうなだれ、口は動くことがなく、それでも音が鳴っていた。布団《ふとん》がはがれたままの男は、どうにかそこらへんのものをかき集めて作っただけのベッドの上にいた。片足は落ちていて、すでに腐っていた。男は何も話さなかった。見ているバルトレンはずっと何か話していた。二つのことが同時に起きていた。いや、違う。わたしはそれらをすべて見ていた。同時に、ではなく、いろんなことがずれたまま、わたしの記憶から一番遠いところに行ったまま、そこで無邪気に生きることを選んでいた。

わたしから一番遠いところにバルトレンはいた。男は黙ったまま、こちらを一度だけちらりと見た。そのことはもはや書く必要もない。しかし、わたしはそれを書いた。つまり忘れないためのことではない。いまから書くことは忘れないために、ではない。わたしが感じた真実味を伝達すること。それが書くことではないかと、今日の夜は感じた。眠ることができなかった。今日は朝までずっと拳の枕の上で、わたしは泣くこともできずに、ちっとも寂しくもなく、ただ生きることを疑わなかった。

16

どこか遠くのほうで、どっとどよめくような声が聞こえた。わたしは酔っ払っていた。労働者たちはそれぞれに自分好みの酒を手作りでつくっていて、店では売っていないが、仕事の合間に酒瓶を交換したりしていた。男性器のような錫《すず》製の細い瓶をくわえながら飲んでいる労働者たちの口元を見ると、動物園の匂いがした。

ペンが一人で歩いている。人の肩にぶつかったりしていたが、酔っ払っている相手は少しも気づくことなく、笑い声をあげていた。便所に向かっているのだろうか。気づくと後を追っていた。バルトレンはもういなくなっていた。伽藍堂《がらんどう》の病室は清掃員たちの手で、柱や床材、釘の一本一本まで懇切丁寧に仕分けられていた。

どよめいている声に聞こえていたのは、ガルの臀部《でんぶ》にある大きな鉄板が開いた音だった。錆びた接合部は黄ばんでいて、虫が群がっていた。接合部からは汁が垂れていて、わたしはふと、どんな味がするのか、もしかしたら栄養があるのかもしれないなどと考えはじめていた。栄養のことについては混乱していた。「あればまだましだ」と言う年配の労働者は、歯が欠けていて言葉になっていなかった。

ペンの後を追いながら、何人か見知った労働者とすれ違ったが、手帳を取り出して名前を確認しようとは思わなかった。顔ははっきりと覚えていた。彼らの口癖が声になって聞こえてきた。ウンノのことを思い出した。彼とはずいぶん会っていない気がした。時間がいくつか流れていることは確かだった。ペンはおそらく正気を保つために時計を手に入れたのだ。しかし、時計はここでは気休めにしかならないだろう。それもまた時間の目安の一つにすぎない。わたしが知らないことは無数にあった。知らないことで覆われていた。知らないことの圧力を感じた。まわりの労働者たちの言葉がわたしの体を押してくる。ペンの頭に浮かんでいるはずのでたらめな地図ですら、測量士によって正確につくられたものに見えてきて、わたしは思わずタバコを吸った。

バルトレンを見て感じたあの情熱はすっかり消えていた。手の疲労は仕事で感じたものとは明らかに違っていて、自分の思考や行動は書いても書いてもすり抜けていった。時間は察知すると、すぐにわたしの体を別のものにすり替えた。わたしはそれに気づかず、時間と並走しているつもりで書いていた。ところが実際はわたしとは別の何かが行動を起こしていたのだ。だからこそ書けている、とわたしは考えた。

そんなふうに納得すると、また考えていることと行動がずれていった。振り返ろうとするとすぐに混乱してしまう。しかし、わたしはあとで読み返すために書いているのではない。時間と相談しても物事は進まない。地図を見て歩いても、あらわれてくるものは動くものばかりで、方向や方角はここではまったく意味を持たなかった。

病室から見えた外の景色は、春を予感させた。一人の人間が死んだ。あのとき、わたしは共感し、じっと黙ってバルトレンの姿を見ていた。時間に抵抗していたわけではない。わたしは敵を見失っていた。ここには過去のことは一切出てこない。

わたしはまだ歩いていた。一本だけ生えている大木のおかげでそれぞれに思い出すことでもあるのか、歌をうたっている者がいた。知らない歌だった。目をそっちに向けると男はただ嘆いているのだった。歌と感じたのは、わたしが家に帰るまでの道を勝手に想像したからだ。わたしは自分で歌わずに、人に歌わせていた。太鼓の音も聞こえたが、どうせあれは通りすがりのガルだろう。怒号が飛び交うと、わたしはトウモロコシ畑を思い浮かべた。懐かしい気持ちなんてこれっぽっちもないのに、わたしは見たこともない母親を、勝手にこしらえて帰郷の風景に浸った。そういう気持ちが次々と湧いて出てきた。

ペンの背中が見えた。暑くなったのか、彼は上着を脱いで腰に巻いていた。彼の湿った肌からは湯気が立ち上り、後から通ると海の香りがした。彼の故郷に運びさられてしまいそうだった。風は人間だけに当たっているように見えた。ここには人間しかいない。感情がそこらじゅうでうごめいていた。わたしはそれを敏感に感じていた。わたしは感情を計測する機械になっていた。なぜ、その役目がわたしなのかと思ってしまったくらい、わたしは感情を受け取る自分の能力に対して、独自のものを感じていた。人間ではないような気がした。ありもしない故郷について懐かしんだり、存在しない肉親などつくりだしていたのは、ペンだった。

新品の車が薄汚い道の上を走っていた。運転席に座っている人間は次々と移り変わり、わたしやペンだけでなく、バルトレンになったりもした。フロントガラスから見える光景はそれぞれの過去を一手に引き受けていて、朝が突然夜に変わったり、寒いと感じているのに脇汗をかいたりしている。わたしはただそれを書くしかなかった。

ペンはくるりと向きを変えると、壁のほうへ歩いていった。ベニヤ板にはモルタルが飛び散っていて、数字が無造作に書き込まれていた。壁の前にメガネをかけた男が立っている。男は青白い青年で、呆然と斜め上を見ていた。ペンは話しかけることもせず、ただ自己証明カードを見せた。青年は手元にあった読み取り機をペンのカードに当てると、南京錠《なんきんじょう》を開けた。ペンはベニヤ板の扉を開けると、首を屈めながら中に入っていった。扉には雑な字でディオランドと書いてあった。

17

青年は労働者とは思えないほどひ弱な体をしていた。手首から肘《ひじ》、肘から肩までほとんど同じくらいの細さで、腕のない体から杉の角材が二本ぶら下がっているように見えた。彼はどうにか立っていたが、涼しい顔をしていた。彼の足には何重も包帯が巻いてあり、その上から透明のビニール袋が被さっていた。皮膚はかさかさに乾燥しており、いたるところにある瘡蓋《かさぶた》はめくれ、熟した果物のような半透明の粘膜には黒い小さな斑点がいくつも見えた。あれが骨なのか筋肉なのか、わたしにはさっぱりわからなかった。医務局があるんだから治療を受けるべきだと思ったが、彼は自ら進んで仕事をしているのかもしれない。ここでは余計なお世話は禁《きん》物《もつ》だった。彼は黙ったまま、ずっと遠くを見つめていた。

彼は手に小さなビニール袋を持っていた。中には本が入っている。ウンノからもらったものと同じような雑なつくりの本だ。「journal」と書いてあった。話しかけようとしたがやめた。彼の耳はボンドのようなものでふさがっていたからだ。いろんな声が聞こえすぎてしまうのか。

わたしは話しかけるかわりに、持っていた手帳を見せることにした。彼は上を見ていた。わたしは彼の視線に重なるように手帳を横切らせた。

彼は突然、首を左右に振ると、辺りを見回した。わたしは目の前にいた。暗闇から這い出たように眩しそうな顔をした彼は叫び声をあげた。彼のか細い声は、労働者たちの笑い声ですぐに消え失せた。目を手で押さえようにもその腕自体が貧弱で、関節を動かすたびに眩しさとは別の痛みが発生するのか、甲高いうめき声を出した。

青年の首には自己証明カードはぶらさがっておらず、胸元にクルーと書いた名札がついていた。わたしは冷静に「クルー」と呼んだ。青年は強く頷いたが、苦しくて思わず首を地面に叩きつけようとしているだけなのかもしれない。今度は自分の頭を叩きはじめたので、わたしはどうにか止めようとした。貧弱な腕とは思えないほど強い力だった。わたしは彼が自分自身を叩くのを加勢しているような気持ちになった。

わたしは抱きつくようにして彼にもたれかかった。彼は何度か手のひらでわたしの後頭部を叩いたが、しばらくすると彼はそのつもりはなかったという顔でわたしを見た。腕はまだひくひくと動いて叩けるものを探していた。わたしは強く抱きしめるしかなかった。ひっぱたいて気付かせるようなことをしても逆効果だろう。手帳を見せただけで、なぜ青年はこんなに取り乱したのか。わたしは彼を抑え込むようにして抱きかかえ、暴れ続ける頭に近づき耳元で「クルー、クルー」と大声で叫んだ。

　クルーは恐怖に襲われていた。クルーは泣くこともできずにいた。少しずつ肩で息をしはじめ、手のひらは太ももをずっと叩いたままだったが、次第に落ち着くと、彼はまたまっすぐ立ち、何もなかったかのように空を見上げた。

　彼は上を向いたまま、持っていたビニール袋を差し出した。本の表紙にはライオンの絵が描いてあった。わたしが本を開こうとすると、クルーは強く頷いた。強く頷きすぎて、首が折れたりするのではないかと思ったが、きっと心配無用だ。クルーはしたいことをする。別に誰に見せるつもりもない、とクルーは本に書いていた。見せたくないとも書いていた。しかし、わたしには見せた。ここで働いているのは彼の意志ではなかった。クルーはトラックに乗ってやってくる労働者たちとは別の経路でこの現場で働き始めたようだ。誰かに無理やり連れてこられたわけではないが、気づいたらここにいた。もちろん口は動いていない。彼はわたしの質問に答えるように書いていた。

　座ったらどうかと首で伝えた。

　クルーは意味がわからないのか、しばらく立ち止まっていたが、突然、思い出したような顔をすると、静かに椅子に座った。椅子の座面は木だったが、足と背もたれはプラスティック製だった。椅子の足は折れ曲がっていて、片方に小石を挟んで高さを調整していた。クルーは椅子に座ったまま、壁に立てかけてあった長めの枝を手に取ると、ぬかるんだ地面に何か描きはじめた。柔らかい土は意志を持っているかのようにうごめいているので、文字なのか動物の絵なのか地図なのかさっぱりわからない。クルーはそれでも必死に作業を続けた。

わたしはただ黙ってクルーの筆跡を自分の手帳に書き写すことにした。わたしはその途端に、あるひらめきを感じた。人間は何か書き残す前に、かならずや地面の表面をひっかいていたはずだ、と。石に刻む人間よりももっと気の早い人間がいた。そいつこそ書くことを焦る人間だ。彼は書き残そうともせずに、地面の表面を、つまり、自分が立っている場所の表面をひっかいた。

クルーの筆跡を書き写すつもりが、今ではそれがわたしの言語になっていた。クルーは今、口など一切動かさずに、意志もないままに溶ける線を書いている。彼には考える余裕がなかった。彼は頭の中にうごめいていることを描いているのではなかった。むしろそれはわたしだった。

ぬかるみの中でクルーが枝先を自由に動かせるような空間を獲得するために、わたしはわざとつまずいたり、酔っ払ったふりをしては、周囲の労働者たちを移動させた。その間もわたしの頭の中は、いや、これは頭の中ではない、まぎれもない現実で、手帳の紙の上で、溶けるクルーの線は、遠い昔のある生き物を思い起こさせた。クルーは楽器を手に持っていた。動物の骨でつくりあげた楽器だった。その楽器は音を奏でるためにあるのではなく、何度でも出発点に戻るための道具だった。彼は自分の行為の意味を知らないのかもしれない。ただ遊んでいるだけなのだろう。真面目な顔をして取り組む遊びの中に隠されているものは決して暗号ではない。彼は一つの誕生そのものを描いていた。地面の上で消えてはあらわれる無数の線は、近くにいる労働者たちの関心を集めることはなかった。ただ風に吹かれて、そのまま転がり、消え去る運命にあった。しかし、本当に消えたと言えるだろうか。わたしはクルーの行為を分析するようなことはしなかった。隣にいるわたしはただ書き写すことしかできなかった。

ある者は踊り、ある者は歌い、ある者は雄叫《おたけ》びをあげ、そこらじゅうにある石や崖、樹木などに体当たりし、その痕跡を残そうと、いや、痕跡ですらない、この先、わたしはなんと言っていいのかわからない。しかし、クルーはまだ枝先と戯れている。枝先の意志は大きく膨張していたが、混沌としているわけではなかった。余韻も何もない音は巨大な消失に見えた。何かが突然、消える。消失はあらわれるよりも、ずいぶん先に起きていたのではないか。そう感じたとき、人間が生まれるもっと以前の生き物の声が頭の中で、紙の上の洞窟の中で鳴り響いた。わたしたちがいまこうして働いている建設現場がそれ以前にもあったことをクルーは伝えてきた。

わたしはずっと忘れていたことを思い出した。わたしの名前はサルトだ。

18

わたしは自分の名前を手帳に書くとクルーに見せた。クルーは立ち上がると、枝を杖のようにしてよたよたとベニヤ板の扉の前まで歩いていった。読み取り機はぬかるみの中に落ちていて、一本の赤い光線がずっと遠くまでまっすぐ伸びていた。光線は飲み騒ぐ労働者たちを串刺しにしていた。誰一人痛がることなく、みな平和な顔をして仲間うちで話していた。彼らは亡霊のように見えた。

クルーは枝を持ち上げると、今度は槍《やり》のように持ち替え、厚い扉の中心をどんと一突きした。びくともしなかった。クルーはもう一度、ゆっくりと腕を引くと、また突いた。何度も繰り返した。手伝おうと思い近づくと、クルーは獣《けもの》のような顔でこちらを睨んだ。鋭利な犬歯をむき出している。わたしは黙って見守ることにした。彼はその後も突き続けた。鍵を開ければいいのに、彼はそうしなかった。ディオランドと書かれた扉は、小さな南京錠が一つかかっているだけだった。

クルーは赤茶色の髪を乱れさせながら、枝を持った両手を腹でおさえながら、さらにもう一度体重をかけて突いた。鍵は外れ、扉が開いた。中から煙が漏れてきた。酒場に漂っている煙はこの奥から漏れてきていた。クルーは、自分の顔をわたしの顔に近づけた。鼻先が触れた。彼は喜んでいた。

わたしは感謝を伝えようと彼の目を見た。透き通った水色の瞳をしていた。瞳孔の奥まで見えた。そこで彼は歌っていた。彼が歩いてきた道だけではなく、足の裏が感じてきたものまで見えた。見れば書ける。書くということが、見ることに限りなく接近していた。

折れ曲がった肘のあたりに水滴が落ちてきた。雨が降りはじめた。クルーは彼の本を持っていけと身振りで伝えた。言葉はかわさなかった。扉の向こうは鉄の単管で組まれた足場が続いていた。両脇には鉄網が張られていた。道の奥は真っ暗だった。クルーはわたしから離れると、枝を投げ捨て、足をひきずりながら壁にもたれかかった。わたしはもう一度クルーを見ると振り返り、扉の奥に足を踏み入れた。クルーはすぐに扉を閉めた。鍵をかけた音がした。扉の裏には、黒いスプレー缶でボンブエーと殴り書きされていた。その途端、寒気がした。足元が特に寒かった。わたしはクルーの本をポケットに突っ込むと、霧の中を進んでいった。

19

わたしはこれまで書いてきた。しかし、それが確かなことだと言えないのは、わたしが暗闇に支配されていたからだ。実際には真っ暗ではなかったが、わたしは鉛筆を触ることができなかった。思い出しながら書いているわけではない。わたしは今、鉛筆を使わず手帳に書き込んでいる。わたしはクルーのことを考えていた。人間の前の生き物たちのこと。それがどれくらい昔のことなのかわたしにはわからない。

頭の中でいくつかの光景が溢れかえっていた。書くことはできる。読み返しても痕跡すら見つけられないかもしれない。しかし、気にしなかった。すべてがぬかるみでわたしはその上を動き回る枝先だった。恐るることなかれ。何も知らぬ子どものように、わたしはただ前に進み、前を失い、横にも行けず、そこらじゅうを闊歩するように、ただ佇んでいた。霧が雲のように、腰のあたりをうろついていた。

電灯が見えた。月は見えなかった。寂れた通りは、舗装されてはいたが一車線だけで、02通りとは明らかに違っていた。路肩《ろかた》には草が生えていた。わたしは久しぶりに草を見た。近づこうとした。わたしは横たわってもいた。それなのに歩いていた。どちらも確かな実感があった。電灯のそばに細い鉄柱が立っていた。先端には円形の時計がついていた。電灯の明かりで逆光となって黒い満月に見えた。

わたしは草むらの中に手を差し込んでいた。手はそれぞれに動いていた。ピアノを両手で弾いているようだった。感覚のズレを感じることはなかった。まるで自動演奏でもしているように、わたしはしっかりと歩き、横になったまままどろんでいた。草の葉に浮かび上がった水滴が地面に落ちていった。落ちていく滴を上から見ると、その球体はかすかな光までせっせと取り込み、わたしに気付かれないようにそっと輝いていた。朝露にとっては欠かすことのできない作業の一つなのかもしれない。わたしは黙ったまま見ては、ただその落下を書いた。

わたしは舗装された道から逸れたまま、草むらの奥へと進んでいった。初めて歩いた場所だった。聞いたことのある音もせず、鳥もいなかった。鳴り止まないはずのクレーン車やドリルや溶接の音も聞こえてこないので、わたしはどこか取り残されたような気持ちになっていた。

20

草むらの地面は乾いていて、わたしは刻むような土の音を久しぶりに聞いた。雨も止んでいた。工事用のポールや標識はどこにも見当たらなかった。こすれるような音が次第に聞こえてくると、車が二台、間隔を置いて通り過ぎていった。ガルでもトラックでもなく、どちらも銀色の普通乗用車だった。車が通り過ぎると、また静かになった。わたしは草むらをさらに進んでいくことにした。

草の匂いがする。しかし、それを当然のことだとは思えなかった。うまく言い表すことができない。次々と言葉が姿をあらわしたが、わたしから出てきているわけではなかった。草むらから漂ってきていた。わたしは眠っていたのかもしれない。腹にもたれかかったまま、わたしは眠っていて、誰の腹かはわからない。

声が聞こえていた。腹の中から聞こえる声は、わたしを呼んでいた。わたしはどこか遠くへ連れて行かれそうになった。気分の変化ではなかった。体のどこかを引っ張られていた。腕だとか、足首だとか、指定することはできなかった。今もまだいる。わたしは一つ一つのことについてじっくりと吟味したくなっていたが、次々と現れては消えていった。熟考するよりも、それぞれの時間で感じたことをそのまま順に書いていくしかなかった。記憶に頼ることはできなかった。ただ言葉を発しようとした。その音にもならない声に似たものを書いている。

草は風になびいていた。風は北西から吹いていたが、腕の肌は違う方角から吹き込んでくる風も感じていた。わたしはその風を知っていた。樹木の隙間から岩肌が見える崖が見えた。崖まで続く道は丘になっていた。頂から左半分は急な傾斜になっていたので、わたしは右側のなだらかなほうを歩こうと動線を頭の中に思い浮かべた。

体はすでに目の前で起きている現象を飲み込んでいた。わたしは乗り遅れないように書いた。草の匂いに焦点を合わせたり、その香り自体を楽しんだり、匂いがやってくる風の流れについて目では見えないのに、あたかも見えるかのように振舞ったりした。それはあてにするものが何もないときに起こるただの反射的な運動だった。足は走れば走るほど早くなった。動物にでもなったのかと思った。視界に動物の姿が見えた。そんなはずはない。野生の動物なんてもうずいぶん見たことがなかった。

知るはずがないのに、馬にまたがっているような腰の動きをした。馬の目に映る風景が見えたり、風景と一体になっている感触を感じた。もしかしたら本当に人並みではない早さで走っていたのかもしれない。書き続けていたし、手帳も持っていた。しかし、わたしは腕を振り切って走っていた。

わたしは親指の爪を使い、手帳に痕跡を残した。親指には草の匂いが残っていた。走っている間も体の周辺を漂っていた。匂いもわたしを追いかけていた。いつのまにかどちらが先に逃げているのか、そもそも逃げているのか、果たしてわたしはどこへ向かっているのかわからなくなった。目の前に人だかりができていて、気づくとわたしはその集団の一人となっていた。白い息を吐いていたが、もう寒くなくなっていた。他の者たちとは明らかに格好が違っていた。彼らは労働者には見えなかった。

一体、どれくらい時間が経ったのかと隣の者に聞くことはしなかった。そもそも自分の体内時計も狂っていた。わたしは走る速度を落とすと、何もなかったかのように集団にまざった。向こうには火の明かりが見えた。茂みが赤紫色に光っていた。明かりは水面に映りこんでいた。

わたしは天地が逆になったまま歩いていた。顔を上げずにしばらくそのままでいた。気づいている自分もいれば、異常な速さで走っていた自分から戻れずに今すぐにでも叫びながら草むらに向かおうとする自分もいた。

縄で縛られた馬が悲しそうにこちらを見ていた。その瞳に映りこんでいる町並みを見て、家に帰ってきたような気持ちになった。馬の声だけでなく、尻尾の振り方一つうまく書けなかった。こんな街があったことすら知らなかった。今までどこにいて、何をしていたのか。ただ働いて、泥にまみれて、金ももらわず、言葉を分かちえない他の労働者たちと仕事をしてきた。わたしは戦争が終わったことを知らないまま怯えながら森に潜んでいる兵士だった。馬は悲しみ、瞳は泣いているように見えた。

立ち並ぶ家はどれも小ぶりの一戸建てで、二階の三角屋根からは煙突が立っていた。下に目を移すと、玄関にはクリスマスリースのようなものが飾られている。上品な漆喰塗りの家だった。一階の通りに面した窓からはレースのカーテン越しに食事をする家族が見えた。

わたしは目を疑った。窓から見えるテーブルの一番奥に、家族たちを眺めながらスープをすする幸福そうなペンがいたのだ。調理している後ろ姿の少し小太りな妻らしき女、白髪頭《しらがあたま》の小さな老婦、スプーンでテーブルの皿を叩いている正装した三人の子どもたちもいた。ペンに家族がいるという話は聞いたことがなかった。そもそも彼のことはペンという名前以外、何一つ知らなかった。わたしは今、そのことこそ異常だと思っている。

ところがペンは家の中でくつろいでいるようには見えなかった。違和感をもっているようにさえ見えた。彼はついさっきまで汚れた作業着を着て働き、酒を飲んでいたのだ。遠くから眺めているのだから、細部が正確にわかるはずはない。ところが食事をする手が汚れているのがはっきりと見えた。子どもたちがスプーンで皿を叩いている。ペンは明らかにその家族から浮いていた。しかし、料理を持ってきた妻がペンの肩に手を当て優しく話しかけると、彼は急に顔色を変え、笑顔を見せた。

21

町は人々で溢れかえっていた。建設現場と違い、ここにいる人間たちは穏やかに日常生活を送っているように見える。わたしも解放感を味わっていた。やけに赤く染まっている夕焼けを見ても、わびしい気持ちになることはなかった。春先の夕方のようなほのかに温かい風が吹いている。わたしには信じられない光景だったが、町行く人々は当たり前のような顔をしていた。人々だけでなく、丁寧に植えられた樹木や通りで見かけた噴水、今吸い込んでいる空気までも一日が終わる充実感を感じていた。

食事を終えた子どもたちが玄関の扉を開けて、笑い声をあげながら飛び出してきた。近所の仲間同士で集まっては、興奮まじりに話し合っている。少し遅れてその子たちの親なのか、正装をした大人たちが玄関口にあらわれた。大勢の親戚が集まっているところもあった。彼らはわたしが混ざり込んでいる行列のほうへ、自然と溶け合うように近づいてきた。行列はどこかへ向かっていた。わたしだけ一人だったが、誰も変な目で見たりしなかった。わたしは心地よさを感じながら、家から出てくる人々を眺めていた。

薄い草色の麻シャツを着て、群青《ぐんじょう》色のロングスカートをはいた女性の姿が目に入った。わたしより少し若く見えた。まっすぐ肩までおりた栗色の髪がわずかに風でなびいていた。建設現場ではマムのような年配の女性しか見たことがなかった。わたしは髪に気を遣っている彼女の所作に魅せられた。髪をなでる指先を見ただけで、彼女の家の中、階段、二階の寝室、大事に使っている古い飴色のドアノブが見えた。祖母から譲り受け大事にしている鏡に映った顔には、薄いそばかすがあった。あどけないのに、何か物を知っているような顔をしていた。悲しいことが頭のどこかにずっとこびりついているが、それでも日常をおろそかにすることはなく、過ぎ去っていく時間をその都度、丁寧に対応しているように見えた。庭に生えている植物は、彼女と一緒にいることを喜んでいた。その歓喜を静かに受け止めながらゆっくり茶葉を選ぶ彼女のあらゆる細部がわたしの前を横切っていった。

目を離すことができなかった。ペンの家よりも少しだけ大きな家の前に彼女は立っていた。階段を上ったところに玄関があり、革靴をはいたばかりの老夫婦と中年の小太りの紳士が談笑していた。彼女は着飾らず、清楚な装いだった。ビロードのスカートは夕焼けの静かな光を受け、月明かりで光る海に見えた。わたしは町を歩きながら、空気を吸い込み、感じたことを書き続けていたが、彼女を見た途端、鉛筆の動きが完全に止まってしまった。

つまり、わたしは今、記憶によって印象を復元しようとしている。しかし、わたしはそう断言することもできない。なぜなら、記憶できないわたしが書いているからだ。そのときのわたしは自分の仕事のことはもうすっかり忘れてしまっていた。

自分が置かれている状況にあれだけ血迷い、ただ体を起こすだけですぐにくたびれて、体重よりも重く感じていたというのに、疲れは吹き飛んでいた。

彼女は落ち着いた身振りでバッグの中身を確認していた。彼女の持ち物を想像するだけで、わたしの細胞がきれいさっぱり入れ替わっていった。赤ん坊のような新しい神経たちは、焦点を合わせるとそれぞれひとりでに思い思いの観察をはじめた。シャツは少し透けていた。目をこらすと、マスタード色の下着が見えた。シャツの襟元はゆったりとしていて、細い首が肩に変わっていく曲線を眺めながら、わたしは思わず彼女に触れたくなっていた。触れたいと口で伝えたかった。行列からはぐれようが、まったく気にならなかった。

彼女からジャスミンの香りが漂ってきた。装飾品など一つも身につけない彼女の素朴な体や感覚が、形を保持したまま空気を伝ってこちらまで広がり、わたしの体をすり抜けていった。彼女は身にまとうものと香りと少しの余白を関節に結びつけていた。見たこともない生命体のように見えた。わたしは自分の荒れ果てた毎日の生活ですら、建設現場で過ごした時間の一秒一秒までもが、悔いることのない輝く運動の連続だったと確信をもつことができた。

要するに、わけがわからなくなった。知らないはずなのに、ずっと知っていたことを思い出した。わたしは、いや、わたしたちは何度も二人で川辺で話をした。自転車で並んで何の変哲もない並木道を走った。石畳の道を転んでも笑うことなく、いつも気遣う彼女のその精神を、その何気ない所作に詰め込まれたありったけの愛情を、喜びとともに味わった。

そんなはずはないと突っついてくる体を無視し、目も少し灰色がかっていたが、新たな細胞が送り込まれてくると、わたしはただ突っ立ったまま、ふたたび彼女をまじまじと眺めた。好意を持っていることをどうにか伝えるしかない。しかし、わたしは方法を知らなかった。女はいくら待ってもこちらを振り向いてはくれなかった。

小太りの男がゆっくりと階段を降りてきた。おそらく彼女の夫だ。だが、女は夫にも愛想をふりまくことはしなかった。彼女は鳥を見ていた。鳥は夕暮れの空を、色を塗るように飛んでいた。わたしは鳥の声を久しぶりに聞いた。男はそっけなく、彼女に声をかけると、自分の息子なのかまだ四、五歳くらいの子どもを肩に載せ、年長の女の子と手をつなぐと、彼女を置いて歩きだした。

彼女はまだ空を眺めていた。わたしは今がそのときだととっさに判断し、近づいていった。声をかけようとした途端、彼女は突然こちらを振り向いた。

「まだあなたの番じゃないわ。演奏会が終わってから。ここにも順番というものがあるんだから、よその家庭に入ってきてはだめ」

彼女の言っている意味がわからず、わたしは呆然としたまま立ちすくんだ。女はバッグからハンカチを取り出すと、鼻から下を隠し、乾いた靴の音を立てながら太った男の後を追った。その先には多くの人間たちが列をつくるようにして家と家の間の通りを進んでいた。

わたしの太ももに誰かがぶつかってきた。振り返ると、子どもが倒れていた。子どもは笑ってこちらを一度見ると、すぐに立ち上がった。そして、後ろにいる両親に向かって「早く！」と大声をあげると走り去っていった。わたしは我に返ると、女を見失わないように、人混みをすり抜けるようにして進もうとした。しかし、なかなか割って入ることができない。誰も悪意を持っているわけではなく、ただ道が狭く混雑していただけだった。

わたしは焦りながらも、知らぬ間にこのゆったりとした行列の一員になっていた。さらに進んでいくと、肩と肩が触れるほど密集するようになった。わたしの焦りも次第に落ち着き、むしろ安心感に包まれた。

落ち着いた橙《だいだい》色の電灯がついた。前を行く夫婦の隙間から通りの先が見えた。石造りの巨大な建物が立っていた。人々はみなそこへ向かっていた。

22

目の前では子どもたちが楽しげな顔をして、窒息しそうな行列に潜りこもうとしている。その様子を優しく見守る夫婦たちの顔の輪郭もくっきりと見えた。彼らの幸福そうな雑談に耳をすますと、知らない言葉も聞こえてきて正確には理解できないところもあったが、わたしの頭はぼんやりとしているどころか、むしろ冴えていた。彼らが思い浮かべた言葉が音に変換され、わたしの鼓膜を確実に振動させていた。細かい舌の音、息継ぎだけではなく、言葉の意味の強弱を示すための呼吸の動きまでしっかりと、わたしは確認していた。

つまり、彼らは生きていた。目に映るものが幻影ではないことを確かめたわたしは、息苦しさを感じつつも、徐々に近づいてくるその石造りの建造物を見上げた。それは一瞬、山に見えた。いや、少しばかり高い丘だったかもしれない。山肌からぽつぽつと樹木が伸びていた。わたしは建設現場で見かけた樹木と似ていることにすぐ気づいたが、記憶しているはずはなく、自分自身を疑うしかなかった。何者かが捏造しているのではないか。そう思えば思うほど、人混みからは体臭が液体のように重く漂ってきた。わたしはさっきまでの自分ともまた違ってい た。道の両脇に生えている背丈《せたけ》より少し高い木だけでなく落ち葉や石ころまでが、人間になりかわっているように感じた。

積み上げられた石の建物には苔が生え、ツタが絡みついていた。数百年も前に建てられたように見える。一瞬、わたしの脳裏をよぎった山の姿は、この建物が建てられる前のこのあたりの風景なのではないか。そう考えながら、一方では考えすぎだと思う自分もいた。そんなことよりもあの女性のことが忘れられなかった。わたしはずっとこの町にとどまりたいと思っていた。

自分が書いたものを、自ら書いたにもかかわらず、わたしはまったく理解できなかった。普段から使っている言葉が書かれていたのでもちろん読むことはできたが、鍋からわきあがる湯気のように、知らないうちに意味がどこかに滲んで消えていく。

考えすぎて疲れていた。こめかみが麻痺していた。早くどこかに座って休みたい。心臓がそれを要請していた。わたしはいくつものことを同時に考えることなどできなかったが、それらすべてを感じてはいた。できるだけ漏れ落としのないように書くしかなかった。家でくつろぐペンのこわばった笑顔が頭に浮かんだ。

ここは劇場だった。この建築をつくりだすために、一体、何人の人間が愛し合い、抱き合い、交わって子どもを産み落としたのか。わたしは頭上の弓形に積まれた天井を眺めながら、会ったこともない石工《いしく》たちのことを思い出していた。劇場は怯えているようにも見えた。わたしの体の中で、無数の労働者の意欲や倦怠感が行き交っていた。

劇場の門をくぐると、わたしはざわつくロビーを抜けていった。現場で見たことのある男とすれ違ったような気がしたが、名前は思い出せなかった。ペンもいるのだろうか。女を見つけ出すことはできなかった。

上質の皮張り扉を開けると想像していたよりも広い空間が飛び込んできた。わたしは自分の体が小さくなったように感じ、そのことが気持ちを高ぶらせた。空いていた椅子に座ると、わたしは砂つぶの一つになったような安堵を覚えた。

黙ったまま椅子に埋もれていた。照明は灯っていたものの薄暗かった。わたしは目をうっすらと開けたままほとんど眠っていた。劇場は球体になっていた。わたしは二階のバルコニー席の前から三番目、通路から五番目の席に座っていた。球体の中心に舞台があった。パンフレットもなく、何がはじまるのかはわからなかったが、まわりの観客たちは毎年恒例の行事だと感じているように見えた。

しかし、いつまで待ってもはじまらなかった。もうかれこれ数時間が経過しているのではないか。開始が遅れるというアナウンスもない。ところが誰も苦情一つ言わず、にこやかに椅子に座っている。子どもたちも行儀よく座っていた。わたしはと言えば、童心に帰り舞台の前の興奮を味わうなんてことは数十分もすればおさまってしまい、今はただ目の前の空洞のような舞台を見ていた。大がかりな舞台装置もなく、全面に白い大理石が敷かれた円形の舞台だった。そこではすでに何かが起きていて、わたしだけが見えないのだろうか。しかし、舞台を眺めている者は誰もおらず、他の観客たちは談笑を続けていた。ただ人が集まっていた。千人くらいだったのか、数万人いたのか、壁が鏡張りになっていて定かではなかったが、とにかく人間たちで溢れ返っていた。しかし、何も起きなかった。

わたしは退屈しはじめた。ただの退屈ではなかった。頭の中でまた時計に似た音が鳴りはじめた。わたしは体のどこかを引っ張られていた。感情はまだ残っていた。しかし、これも誰かの記憶なのかもしれない。わたしは今も建設現場をさまよっているのだろう。それはわかっていた。書き続けたとしても、どうせまたわたしは繰り返すのだ。予測を立てようが、対策を練ろうが、まったく関係なく、崩壊と同じようにわたしもまた、何かを繰り返していた。崩壊の音が聞こえてきた。聞こえている。崩壊がはじまっている。久しく聞いていなかったが、まだこれは今日の夜だ。どれくらい時間が経過していたのか。わたしは知ることができない。時計がないのだから仕方がない。ここでは太陽の動きよりも優先されるものがあり、わたしたちはそれに基づいて動いているだけだ。しかし、本当にそうなのか。崩壊の音は、劇場の外から鳴っているようには聞こえなかった。

23

トラックのエンジン音で目を覚ましたときには、もうすでに現場では労働者たちの声が鳴り響いていた。彼らはまたレンガを二階に積み上げていた。中央の柱の前にいるペンが床に置いた図面を見ながら、天井を眺めている。誰もが二日酔いだった。昨日の崩壊はかなりひどかったようだ。タダスがそのときの様子をみんなに言い聞かせている。ペンは作業しながらタダスの話を黙って聞いていた。

崩壊の音が聞こえてきたとき、劇場内にはアナウンスは流れなかった。わたしはとりあえず外に出ようと席を立った。劇場に座っていた者全員がわたしのほうを見た。話し声はしていたが、誰一人立っているものはいなかったのだ。睨まれているような気すらした。わたしは突然居心地が悪くなり、便所に行くふりをしながら扉を開けた。

廊下には黒い帽子を被り、防弾チョッキを着た男が立っていた。腰には銃が差さっていた。警官だろうか。男はわたしが出てくるのを待っているように見えた。便所はどこだ、と聞く前に男は細い廊下の奥を指差した。わたしは言われるままに、無言で廊下を歩いていった。わたしとその男以外、人はいなかった。廊下の突き当たりに扉が見えた。振り返ると、男がこちらをじっと監視していた。引き返すこともできず、わたしはドアノブをゆっくりと回した。

扉の先は何もないぬかるみの空き地だった。人の気配を感じたので横を見ると、クルーが座ったまま壁に頭をもたせかけて眠っていた。飲んでいた労働者たちはすっかりいなくなっていた。扉にはディオランドとは書いてあったが、書体はまったく違っていた。別の出口なのかもしれない。わたしはクルーを起こそうと体を揺すったが、目を覚ますことはなかった。立ち往生しているとガルがすぐそばを通り過ぎていった。

ガルは偵察でもしているかのように、ゆっくり走っていた。遠くまで照射する二本の真っ白な光線が、車体の屋根からランダムにいろんなところを照らしている。無線の声も聞こえてきた。わたしは帰り道がわからなくなっていた。このままだと明日の仕事に間に合わない。ガルが走っているということは、この道はきっと02通りにつながっている。わたしはガルの後からついていくことにした。

わたしがC地区に戻ってきたときにはもう夜が明けていて、頭の中の音は鳴り止んでいた。計測器の赤いランプは消えたが、今度は緑色の小さな光が点滅しはじめた。わたしは無事に水《み》屋《や》の二階に戻ってくると、何食わぬ顔で労働者たちの輪にまじった。

わたしはペンに町のことを伝えて、あそこが何なのか聞きたかった。しかし、ペンはこちらを振り向こうともしなかった。タダスによると、昨日の深夜に起きた崩壊は今までで一番大きかったとのことだった。「やっぱり自然現象なんじゃないか?」とタダスは言った。

崩壊はC地区ではなく、F域で起きていた。普段なら違う区域で起きた崩壊であれば、行く必要がないのだが、昨日はC地区の労働者にも全員招集がかかったという。F域には何も建設されていない。そもそも建設現場の敷地外だった。F域はA地区の周辺に広がっている砂地のことを指していたが、なぜかC地区の中にも飛び地のようにF域があった。「今回の崩壊はA地区寄りのF域で起きたのだが、C地区内にあるF域が大きな影響を与えている」と地質課長が言い出したため、早朝に水屋の大幅な変更が決定したという。

タダスは棒読みで労働者たちに伝えた。タダス自身も意味はわかっていない。わたしは持っていた図面を眺めながら、タダスの言葉を聞き流していた。CやらFやら言ってはいるが、図面にはアルファベットの文字は一つもなかった。話を聞きながら図面を眺めても、余計に混乱するだけだった。

「F域では何も建設されないことになっているが、C地区内にあるF域だけは、まわりがすべてC地区に囲まれているため、域内に橋をつくる必要がある」とタダスは言った。「そう伝えるよう指示を受けた」と言った。誰から命じられたのかと質問する者はいなかった。わたしは物事が飲み込めず、タダスに聞いた。タダスは「地質課ではない」とだけ言った。

　情報は常に錯綜していた。聞くたびに、知らない課や地区があらわれ、わたしには敷地が拡大しているように感じられた。崩壊のアナウンスもおそらくは機械の声で、人間がその場で発している声にしては抑揚がなかった。タダスは、わたしが持っている図面を目にすると「それはもうほとんど役に立たない」と自分のせいでもないのに申し訳なさそうな顔をした。

　ペンは相変わらず柱と天井の接合部をどうしようかと考え続けていた。もうこれ以上取り組む必要のない仕事だった。ペンのことだからそんなことはすでにわかっているはずだ。それでも何か継続しているほうがまだ楽なのかもしれない。頭《かしら》であるペンに同調し、労働者たちも作業を続けていた。タダスはまだ無線機に耳を当てたまま、必死な顔をして新しい情報が流れてくるのを待っていた。わたしにはこれらの動きすべてが、ただの徒労に思えてきた。わたしは図面の束を近くにいた男に渡すと、床に座りこみ、クルーから受け取った本を開いた。

　クルーは日記を書いていた。見えないくらい小さな字だった。丁寧な字でとんでもなく長い時間をかけてゆっくり書いていることが見るだけでわかった。彼はただ書いているだけで、何を書いているのかわかっていないようだった。わたしだってそうだ。クルーは医務局であるモリに長いこといた。モリにも毎日、人が送り込まれてきた。しかしやってくるのは労働者たちではなく、病人だった。クルーもそうしてやってきた。彼は自分が生まれた場所を知らなかった。知らないことは書くことができない。書いていたものは、彼が吸ってきた空気、見てきた景色ばかりだった。彼は一切、具体的な名前を書いていなかった。あたかもわたしの記憶のようだった。彼はわたしとは真逆なのか、すべて記憶していた。わたしは自分を取り戻していくような心地よさを感じながら読み進めていった。

クルーは耳が聞こえるようになったときから、ずっと音楽家だった。ピアノを弾いていた。バイオリンも得意だった。石をこすって音をだしたり、川の水だけでオーケストラを組み、その指揮者だったこともあった。彼が編み出した音楽理論が書かれていた。彼が音楽で感じていることは、ここで起きていることとはまったく違っていた。まず爆発が訪れた。人間の前に音の爆発が起こった。そのことに気づいた途端、自分の足で立っていられなくなったと強い筆圧で書いていた。そこだけ裏のページにまで鉛筆の先が突き刺さっていた。

ノートには目次があり、章立てもされていた。しかし、どれ一つとして統一された思想を見つけることはできず、結論など求めてすらいなかった。それなのに、読み進めるのを止めることはできなかった。

モリにはいつのまにか連れてこられた。知らない間に車に乗せられていて、同意もしなかったとクルーは嘆いていた。「音の爆発を聞いたときすぐに起きた」とクルーは何度も繰り返し書いている。爆発の瞬間を事細かに書き残していた。

クルーは医務局を脱走した。クルーは何かから逃げていた。クルーは逃げることができたのか。体を起こすと、階段を上ってくる人影が見えた。

ロンだった。ロンはこちらに近づいてくると、一度、肩を叩いて笑顔を見せた。そのまま通り過ぎ、ロンは労働者たちが集まって議論している輪の中に入ると、落ち着いた様子でタダスに話しかけた。タダスは無線機を下ろした。天井を見ていたペンもロンに近寄っていった。ロンは労働者たちとしばらく話をすると、またわたしのところへやってきた。ロンは、無言のまま指で立つように指示をすると、先に階段を降りていった。

わたしは労働者たちのほうを見た。彼らは図面を手に、また同じような作業に戻っていた。さっきまでの議論はなんだったのか。わたしのほうなど誰も見ていなかった。

わたしは立ち上がると、階段を降りた。チャベスがドアを叩いている。図面は置いていくことにした。荷物などないが、肩掛け袋に二冊の本をしまった。ロンは助手席のドアを開けると、先に乗るように首を突き出した。

24

車に乗り込むと、チャベスはすぐにギアを入れて発進させた。チャベスはタバコをくわえたまま、ベージュ色のシャツを肘までまくっていた。腕に生えた毛が風になびいている。晴れていて、ぬかるんでいた地面は乾きはじめていた。ロンは無言のまま、前をずっと見ている。凸《でこ》凹《ぼこ》道を走りながら、車内の三人は何度か一斉に宙に浮いた。

わたしは窓を開けた。バックミラーには水屋が映っていたが、すぐにどれが水屋なのかわからなくなった。同じ形のコンクリートの建物が道の両脇に並んでいた。大きなトラックとすれ違った。トラックはある建物の前に急停車した。警備員のような格好の男が幌《ほろ》の布を開けると、真新しい作業服を身に包んだ労働者たちが緊張した顔つきで荷台から降りてきた。

「仕事場が変わったの？」

わたしはバックミラーを見たままロンに聞いた。

「いや、違う」とロンは優しく言った。ロンはずっと前を見ていた。仕事中だからだろうか。誰かに見られているわけでもないのに、ロンはよそよそしかった。

「今日は定期検診だ」

しばらくするとロンがまた口を開いた。定期検診など受けたことがなかった。体調の悪い者は、自己申告すればいつでも医務局で診てもらうことができた。わたしは健康体そのもので、自分が普段思い巡らせているこのよくわからない頭の動き以外は風邪一つ引かなかった。定期検診という存在自体知らなかった。ロンに聞くと、それは誰もが受けるわけではなく、定期的に無作為に一人の人間が選ばれ、その人間を診察し、他の労働者たちの体調を予測するためにデータを取るという。それで今回はわたしが選ばれたというのだ。

「どうやって選ばれるの？」とわたしは聞き直した。くじなのか、コンピューターが選ぶのか。わたしはできるだけ不可解な状況を回避したかった。ただ働いているだけでも、わけがわからないのだ。ロンでさえ、どんな仕事についているのかわたしはよく知らなかった。ロンに聞きたいことはいくつもあったが、今日はあまり答えてくれないような気がした。気軽に話しかけられるような雰囲気ではなかった。チャベスはふざけたような声をあげながら乱暴な運転を続けていた。通りすがりの毛深い男を見つけたチャベスは車で近づくと、声をかけハイタッチをした。

「おれはここで働いているわけじゃないから、詳しいことはわからない。ただの定期検診だから、心配することはないよ」とロンは言った。

「働いていないってどういうことなの？」

「これはチャベスの車だ。おれはただ勝手に乗っているだけ」

ロンはそう言ったが、わたしには彼の存在は不可欠に思えた。ロンは複数の言語を理解することができた。一方、チャベスは語彙が少なく、誰とでも話すわけではなかった。それでも持ち前のあっけらかんとした性格と、身振り手振りでどうにか運転手の仕事をつとめていた。ロンはいつもチャベスに言葉を教えていた。それなのに、仕事をしていないのはロンのほうだった。

わたしは肩掛け袋から二冊の本を出した。ロンに『ヌジャの眠り』を手渡すと、すぐに顔つきが変わった。ウンノから渡されたと伝えると、ロンは黙って本を開きながら、深く頷いた。

「本はもう印刷されなくなった。印刷機自体はまだあるけどね。印刷するのは無意味な図面だけだよ」

「昔は本が印刷されてたってこと？」

ロンはまた頷いた。

「おれは印刷機を持ってる。故障しているけど、部品さえ揃えば動くはず」

ロンはクルーが書いた本を見ると「お前はこれをどこで手に入れたの」と聞いてきた。

「ディオランドの前だよ」

「お前、知っているのか」

ロンは驚いていた。昨日、ディオランドに行ったことを伝えると、ロンはクルーの本を持ち上げ、わたしの目の前に掲げると「定期検診ではすべて正直に話すんだ。絶対に嘘はつくなよ」と念を押した。ロンは本を読みたがっていたので、わたしは二冊とも貸してあげることにした。

「ロンも書いてみればいいじゃないか」

「そういうわけにはいかないんだ」

ロンはそう言うと、本を大事そうに懐にしまった。

車は工事中の建物の間の細い道に入っていった。突き当たりは茂みで隠れていたが、門が見えた。チャベスがクラクションを鳴らすと、黒人の守衛が出てきた。チャベスはフロントガラスに挟んであるカードを守衛に見せた。守衛は重い門扉《もんぴ》をゆっくりと手で押しながら、中に入るように指示した。

鬱蒼《うっそう》とした茂みを抜けると、舗装された道がまっすぐ伸びていた。綺麗に整えられた芝生がずっと向こうまで広がっている。高い建物は一つも見当たらなかった。道には数字が描かれていて、チャベスは「ナイン、ナイン」と声を出しながら、ゆっくりと車を進ませていった。

9と描かれた道を見つけると、ふたたび門が見えた。車はドライブスルーのように門の前にある機械の前で停車した。チャベスがカードを機械に差し込むと、門が自動で開いた。うねうねとした狭い一本道が続いていた。車でさらに進むと、停止線が見えてきた。オレンジ色をした線の前で車が停まると、ロンがこちらを向いた。

「ここからはお前一人で行くことになってる。またそのうち会うよ」

わたしはドアを開けると、彼らに手を振った。アナウンスが聞こえてきた。指示されるまま中に入った。アナウンスは女の声だった。どこから聞こえてくるのか、スピーカーの場所はわからなかった。耳の近くで聞こえているような感覚だったが、まわりを見渡しても近くには誰もいなかった。足元にはいろんな色の線が無数に描かれてあって、わたしは黄色の道を進むように指示された。

黄色の線に沿って、わたしは何度か階段をあがったり、エレベーターで降りたり、渡り廊下を三度ほど歩いたりした。感覚としては地下にいると思っていたが、日の光が横からぼんやりと照っていた。植物の匂いもした。建設現場とは違い、清潔感たっぷりだったが、標識や階数をあらわすような表示はどこにもなく、わたしはただ女が誘導する方へとなにも考えずに歩き続けた。

歩いても歩いても診察室には到着できなかったが、道が間違っているわけでもなかった。黄色の線はまだ続いていた。しかし、誰とも会うことがなかった。それなのに、ずっと観察されているような気がした。少しずつ体の動きがぎこちなくなっていった。気づいたときには、歩き方を忘れてしまっていた。

黄色の線はある部屋の前で切れていた。止まった途端、部屋の扉が自動的に開いた。部屋の壁は真っ白で、大きな窓の向こうには森が広がっている。アルミ製の机が部屋の真ん中にあり、こちらを向いて白衣を着た女が座っていた。ディオランドで見た女とまったく同じ顔だ。ここまでわたしを誘導してきた声の主もその女だった。

ディオランドで話した女とは違う声だった。女の声は機械的で、人間ではないのかもしれないとわたしは疑った。名札には２７９８と書いてあった。

「どうぞ座って」

女は机の前にある一脚の椅子を指差しながら言った。年代物の木の椅子だった。他のものはすべて真新しかったため、椅子だけが異質に見えた。言われた通りにその椅子に座ると、ネジがゆるんでいるのか、椅子は溶けるように変形し、わたしの体は斜めに傾いた。

25

「定期検診ははじめて?」

わたしは黙って頷いた。女は何も書かず、机には紙一枚なかった。女はただわたしを見ていた。

「あなたはどこで働いている?」

「C地区です」

「現場責任者は?」

「ペン」

「ペンという男とはいつごろから仕事をしている？」

「わからない。ペンと会ったのは二日前、それまでは別の現場にいました」

「あなたの所在地は？」

「それは住んでいる家のことですか？」

「質問するのは禁止されているの。ただ答えて。所在地は？」

「わかりません。昨日は水屋の二階にある自分の仕事場で寝ました」

「あなたの名前は？」

「サルト」

「それはあなたの本当の名前？」

「忘れてましたが、この前、思い出しました」

「忘却症なの？」

「日常生活や労働には一切支障が出てません。病院に行ったことはないので、病気だと医者に言われたこともない」

「他に体の不調はある？」

「ない」

「考え事が止まらないことはある？」

「ある」

わたしはしばらく間を置いて、そう答えた。

「考え事は仕事を遅らせるかしら？」

「それはないと思う。もちろん自分としてはそう思ってるってことですが」

「考え事も忘れるの？」

「忘れないように記録してます」

女はどう答えても、まったく顔色を変えなかった。質問するタイミングも測ったかのように、決まり切った質問でもないだろうに躊躇することなく次々と聞いてきた。わたしはロンの忠告を受け入れて、正直に答えることにした。

「記録するために何を使うの？」

「手帳に鉛筆で書き込んでます」

「手帳はどこで？」

「支給されている労働手帳の余白に書いてます」

「図面にも書き込んだことがあるの？」

「いや、図面にはいっさい手をつけていない。自分のものじゃないから」

「C地区で本が出回ってることを知ってる？」

「ウンノという男と、クルーという男に本をもらったことがあります」

「今、手元にある？」

「ロンという男が読みたそうだったので手渡しました」

「本は誰が書いたものか知ってる？」

「ウンノから渡された本の表紙には27998と書いてあったので、それが名前なのかもしれません」

「それはわたしの番号よ。わたしが書いたと思う？」

女は表情を変えることなく、そう言った。

「わからない」

「わたしと会ったことはある？」

「あるような気がします」

「どこで？」

「ディオランド」

「ディオランドのことを知っているの？」

「昨日そこにいました」

「ディオランドでわたしは何をしてた？」

「あの女性があなたなのかはわからない。顔はまったく同じでした。女性はそこで生活していて、夫と二人の子どもがいました。大きな家に住んでいました」

「顔が同じなら同一人物だと思う？」

「でも声が違いました。声だけでなく、性格も違いそうな気がする。まったく別の人間ではないかと思ってます」

「わたしの名前は？」

「あなたの名前は知らない」

女はそこで質問を終えた。一切、わたしに触れることもなく、血液検査などもなかった。問診というよりも、ただの質問だった。わたしに関することを異常に詳しく知っていた。わたししか経験していないはずのことを、なぜ女が知っているのか。もちろん労働者の行動は人工衛星で管理されている。しかし、女はわたしが見た夢のことも知っているような気がした。ただそんな気がしただけだが、そういうかすかな気づきですら女は感じ取っているように見えた。人工衛星で管理しているといっても、わたしの思考回路まで知ることはできないだろう。それなのに、女はわたしのことをすべて知っているような気がした。しかも、頭の中まで感じ取っていた。わたしは女とわたしの二人で自分の体を共有しているような感覚に陥っていた。

しかし、なんでも知っているはずの女は不思議そうな顔をしていた。

「あなたが理解できない」

女はおびえているような声を出した。さっきとはまるで違う声だった。

「きみは医者じゃないの？」とわたしは聞いた。

「質問は受け付けられないの」

女はとまどっていた。

「わたしは何かを感じて、そのことを知りたくて、わたしが感じたのか、あなたが感じたのか、それを探そうとしていて、でもどうしてそうなのかどうかはよくわからなくて、わからないんだけど、赤色が見えているんだけど、それでいいのかって」

女は混乱していた。

「赤色が見えてる。扉を出たら赤色の道を進むように伝えなくちゃいけないんだけど、わたしはそうじゃないような気がする」

女の声は迷っているように聞こえた。それなのに顔の血色はよく、目を大きく開けていた。

女は口から出てくる言葉をどうにか止めようとしていた。考えていることと、口にしていることがずれているように見えた。

もう帰りたかった。わたしは席を立って、外へ出ていこうとした。女は厳格な口調に戻り

「赤色の道を進んで」と言った。わたしには女のほうが患者に見えた。彼女の定期検診だったのかもしれない。扉を開けて、赤色の線の上を歩きはじめた。女の声はもう聞こえなかった。線は廊下の突き当たりまで続いていた。近づくと自動ドアが開いた。

大きな木が立ち並んでいた。見上げると、葉の茂みが風でゆっくり動いて音を立てていた。雨が降っているような音だった。原生林にあってもおかしくないくらい古い木ばかりだったが、間隔が一定で並んでいる。おそらく人工的につくった森なのだろう。もちろん並んでいるのはすべて本物の植物だった。遊歩道のようなものはなかったが、樹木の並びで自然と道がわかるように設計されていた。

向こうに光が差し込んでいた。わたしは光に誘導されていった。林を抜けると一面に細かい砂利が敷いてある円形広場に出た。車が数台停まっている。知っている車だと思い目を向けると、それはディオランドで見かけた銀色の車だった。車の横に小さなプレハブ小屋があった。人はいなかったが、室内には蛍光灯がついていた。定期検診がまだ続いているのだろうか。タバコを一本吸うことにした。タバコを口にくわえたまま、外からプレハブの中を眺めた。

プレハブの床には大きな穴があいていた。入口のドアを開けると、穴の底から光が漏れてきていた。穴の下で作業をしている人間がいるのかもしれない。近づくと、長い脚立《きゃたつ》が一つ、穴にかかっていて、それで下に降りられるようになっていた。引き下がるわけにもいかず、わたしは降りていくことにした。室内の壁と床はすべて黄色に塗られていた。

26

地下はコンクリートでできていて、間口は二メートルしかなかったが、奥に空間が長く延びていた。裸電球が灯っていて、埃が舞っていた。工事をしているわけではないようで、物音一つしなかった。入口には発泡スチロールの山が無造作に積み上げられており、天井まで届いていた。天井高は三メートルくらいだった。地盤から水が滲み出てきているのか、水たまりができていた。漂っている空気までじめじめしていた。

コンクリートの穴があいているだけの入口だった。建具《たてぐ》が入っているわけでもなかった。寒いからか、透明のビニールシートが天井からぶらさがっていて、隙間風が入らないようにガムテープで留めていたが、床が濡れているので剥がれてしまっていた。

部屋の奥に十人ほど人が集まっていた。作業着は着ていなかったので、労働者ではない。彼らは奥行きが十メートルほどの部屋の一番奥にある長テーブルに集まっていた。椅子に座ったまま呆然と一点を見つめていて、その焦点の先には一人の男が沈鬱な顔で頭を抱えていた。集まっている人間たちが男から漂っている緊張感に圧倒されていることは離れていてもすぐにわかった。それでもこのまま迷い続けるよりはましだと思い、わたしは近づいてみることにした。腹も減っていた。

ビニールシートをめくって中に入ろうとした途端、転がっていたシャベルを蹴ってしまった。騒がしい音がしたが、誰一人としてこちらを見る者はいなかった。ストーブが並んでいた。息をすると埃が入ってきてむせた。コンクリートの壁がむき出しのまま、仕上げもしていなかった。とても人が暮らせそうな場所ではなかったが、狭い通路の両脇には鉄パイプでできた二段ベッドが奥まで並んでいた。

わたしが近づいても、誰もこちらを見なかった。男に威圧されてよそ見ができないのかもしれない。彼らは会議中のようで、わたしはひとまず会議が終わるのを待つしかなかった。とても声をかける気にはなれなかった。

テーブルはベニヤ板を三枚つなげてつくっただけの粗末なものだった。現場よりも汚い空間だった。二段ベッドの裏には机が並んでいた。どの机の天板も斜めになっていて、大きな紙が置いてあった。それは図面だった。図面はトレーシングペーパーに描かれていた。

ここは設計部なのかもしれない。しかし、男のまわりにいる若い男女たちは、こんな巨大な建築群を設計している人間とは思えないほど、あどけなく見えた。輪の中心にいる男は六十歳代後半だろうか。顔全体が黒子《ほくろ》のような色のシミで覆われていた。男は目をつむっていた。

わたしは黙ったまま彼らの様子を観察し続けた。車輪のついた医療用ベッドに横たわったまま会議に参加している男もいた。腕には点滴の針がささっていて、天井をじっと見ていた。隣にいる女はその男の介護をしながら、ノートにメモをしていた。

メガネをかけた童顔の男が立ち上がると話しはじめた。彼はマトと呼ばれていた。マトは設計士たちの中で一番幼い顔をしていたが、一番年長なのか彼が番頭のようだった。彼は今日の会議の概要を話した。今、彼らが担当している計画は十四あり、今日はすべての建築の進行状況を発表することになっているようだ。計画することになっているのは建築だけでなく、公園、街路、そして、墓地まであった。マトがそれぞれの計画の担当者の名前を呼ぶと、一つずつ発表がはじまった。

マトの左隣に座っているポタニという長身の男が、低い声で返事をすると奥から模型を取り出し、テーブルの真ん中に置いた。彼はB地区内にある複数の住宅を設計していた。

「住居ゾーンは常に増殖する可能性をはらんでいますが、設計段階ではコントロールができません。そのことも設計行為であるとわたしは考えています。それぞれの住居を結びつけるための公共空間、その隙間自体も設計する必要があります」

ポタニはそう言うと、後ろに立っていたリンという若い女に声をかけた。リンはいくつかの昆虫の巣の図版を壁に投影しながら、テーブルに一枚の図面を出した。

「昆虫には営巣本能があり、彼らは図面は描きません。しかし、図面がないわけではないのです。彼らは思い描いている図面を表皮を触れ合うことでやりとりしてます。われわれのように他者に盗まれる心配はありません。もし、その図面を別の集団が見たとしてもただの落書きにしか思われないでしょう。建設現場内に生息している三匹のアリを捕獲し、アリどうしでやりとりしている図面に電気信号を与えることで電子化することに成功しました」

壁に映っていたのは抽象画にしか思えなかった。

「五十年前の巣と現在の巣を比べると、大きく変化してました。ただの本能とは言えません。遺伝ではなく、明らかに技術として伝承されているのです。アリだけでなく、クモやオケラに関しても同じようなデータが出てます」

リンはガラスの水槽のようなものを模型の横に置いた。砂が満杯に入っていた。巣の断面図が見えるようになっているわけではなく、中に昆虫がいるのかどうかすらわからなかった。身を乗り出して見る者は誰もいない。リンはこれらのデータをもとに都市で発生する余剰物をすべて把握するための連絡網を設計中であることを伝えると、ふたたびポタニの後ろに回った。

ポタニは「労働者たちの会話をすべて文字に置き換えてみました」と言うと、文字を壁に投影した。会話の内容だけでなく、会話の文字量、会話している労働者の数の時間ごとのデータなども映し出されていた。それらをもとにして、彼らが消費しているカロリーを計算し、それに見合う食事のメニューを提案し、さらにそれらのことがいかに模型に具現化されているかを、ポタニはためいきをつきながら説明した。模型には、50分の1の縮尺でつくりあげた数万人の人形が並べられていた。

突然、沈鬱な男が模型に手を伸ばした。人形の一つを手に取り「これは人間じゃない。こいつは誰だ。名前を教えろ。模型なんか作ってどうする。生きているものを作れ。うごきはじめるような生きるものにしろ。これじゃただのスラム街になるぞ。そうなったらこの計画は丸つぶれだ」と言った。

「設計は人間のためでしかない。結局のところ、それは人間を無視していることだ。人間のためどころか人間がどんどん没落するように設計してどうする。設計はもうすでに破綻している。われわれの行為が問題なのではなく、存在自体が疑われていて、おれは自分のことを怪しんでいる。空間などつくることはできない。すべてが水の泡、おれは空気に敗北するんだ」

男は静かな声で怒りをあらわにした。

緊迫した空気の中、ワエイという男が笑みを浮かべながら話しはじめた。彼には余裕を感じた。しかし、風呂に入っていないのかスーツ姿であったにもかかわらず強い体臭が漏れ出ていた。ワエイはC地区の新しい医務局を設計していた。この医務局はここで働く者だけでなく、外部の市民も無償で利用することができる医療施設になるという。

ワエイは全体像がわかる図面は一枚も出すことなく、ひたすら玄関扉のドアノブの設計に固執していた。テーブルの上に原寸大のドアノブ図面を広げた。彼は手元に一冊のカタログのような本を持っていた。無数の古い本を切り抜いて、自分で編集し束ねていた。

ワエイは本を開いた。中には森や海の写真があった。彼は写真に写っている風景のすべての樹木にペンで直接名前を書き込んでいた。海の満《み》ち干《ひ》の具合やその時刻、波の形を見て風速を予測していた。いろんな町の写真もあったのだが、そこでは建物の構造や、外壁の素材だけでなく、窓枠一つの品番に至るまで調べあげていた。彼は手のひらのサンプルをいくつか石膏で型取っており、皮膚に適したドアノブの素材を探していた。

ワエイが最後に開いたページに掲載されていた写真には、森の中で人々が集まり、大きな石の上に供物《くもつ》のようなものが置いてあった。彼はまずその巨石の形をトレースしていた。ドアノブの形はそれが基盤となっているようだ。さらに彼はドアノブがすり減ってなくなるまでの数百年分の経年変化を数十枚の図面にあらわしていた。

「最後、完全に表面がこすれてなくなるとき、巨石が姿をあらわします。しかし、そのときわたしは生きていないかもしれない。それでもこれを設計しようと思ったのは、このいくつかの樹木の」と言って彼は数ページ後ろをめくった。

「このいくつかの樺《かば》の木が目に入った瞬間の自分が感じた空間をいくつかスケッチしました」

ワエイがテーブルの上にばらまいた数百枚のスケッチは酩酊した人間の落書きとしか思えなかった。

「人間ではなく、樹木による設計を試みてます。この樺の木はある形を求めています」

次のページに写っているうずくまった人間の姿にはこの部屋の照明が当たっていた。ゆがんだ楕円形の光だった。男は図面の中から一枚取り出すと「P－305」と口にした。すぐにライという元気そうな男が機敏に立ち上がり、部屋の奥に並んでいる道具棚へと向かった。彼は金具を一つ持ってくるとワエイに渡した。

中央の男は、身を乗り出すと赤鉛筆で43番とかいてある図面の右下に丸く印を描いた。それを見たライは無線機を取り出し、工場と連絡を取りはじめた。P－305の鋳型《いがた》があるかどうか確認をしていた。その型番は廃番になっているようだったが、ライはすぐに新しくつくるよう依頼した。金具一つでこの有様《ありさま》だった。彼らはみずから進んで混沌に身を投じているとしか思えなかった。

27

男はマトの肩を強く叩くと、わたしを指差した。

「誰だお前は？」

男の代わりにマトが言った。

「医務局での定期検診を受けていたら、医師から赤色の線をまっすぐ進むように言われて。気づいたらここに辿り着いたんですけど」

男は医務局と聞くと、すぐにわたしの話を止め「サザール！」と名前を呼んだ。

金髪の男が奥からやってきた。サザールもまた模型を手に持っていた。サザールは模型についての説明をはじめたが、聞いたことのない言葉でまったく理解できなかった。英語ではなかった。マトたちはその言語を話せるようで、サザールに議論をふっかけていた。男は鉛筆で紙に乱雑な絵を描き、サザールに投げやった。スケッチを受け取ったサザールは、ライに一言だけ何か伝えた。ライはわたしのところにやってくると「一緒に外に出るぞ」と言った。わたしはほっとして席を立った。会議はまだ続いていた。

外に出ると、彼は銀色の車に向かった。

「乗りなよ」

ライは気さくにそう言った。外見は新車に見えたが、車は古い型式だった。ライが慣れた手つきでエンジンをかけると、車はすぐに発進した。

「所員募集はしていないんだ。でもおれもそうだった。迷ってここに辿り着いた。聞くと、みんなぜかここにやってきて働きはじめてる。ってことはお前も今日からここで働くことになるってことなのかもな」

ライは笑いながら言うと、運転しながら片手で握手を求めてきた。ライは男のことを「先生」と呼んでいた。

「先生が言ってること、わけわからなくないの？」

「そりゃそうだ」

ライは迷うことなく言った。

「でもここにはやることがある。何よりも創造的な仕事だ」

ライは自分の仕事に自信を持っているように見えた。

「君は何をやっているの？」と聞かれたのでC地区での仕事について話すと、彼は何か納得したような顔をした。

「以前はC地区についても設計の計画はあった」とライは言った。

「C地区というのはどういう場所なの？　まだ働きはじめたばかりでよくわからないんだけど」と嘘をつくと、ライは「そんなはずはない。C地区に新人が行くことはないから、お前は少なくても三年は働いているはずだよ」と言い返してきた。

ライのほうが上手《うわて》だった。わたしはあきらめて正直に打ち明けた。

「嘘をついてごめん。でも本当にわけがわからなくて。ここで何年働いているかすら覚えてないんだよ」

「何に困っているの？」

ライは心配そうな顔をこちらに向けた。

「一体、いつ完成するのかわからないし、そもそも自分がどこにいるのかわからない。地図もないのですぐ道にも迷ってしまう」

わたしがそう言うと、ライは笑った。

「仕事なんだから終わらないほうがいいんじゃないか？　それとも他にあてがあるのか？

しかし何年働いているのかわからないってのは重症だね。だから医務局行きになったんだな」

ライは一人でわたしの状況を納得しているようだった。彼は自身の仕事を疑っているようには見えなかった。むしろ喜びを見出しているようだった。

広場からは放射状に舗装された道が伸びていた。ライは大きく5と書いてある道に向かってアクセルを踏んだ。「9番ゲートから入ってきたんだけど」と伝えたが「ここは医務局じゃないからね。道はおれに任せておけばいいよ。それよりも時計の音は聞こえるか？」とライは頭を指で押しながら聞いた。

時計の音は聞こえなくなっていた。

「さっきまで聞こえていたはずなんだけど。今は何も鳴ってない」

「それなら問題ない。君はまた仕事場へ戻ることになるよ」

ライはそう言うと、ステレオの電源ボタンを押した。人が話す声が聞こえてきた。建設現場では音楽だけでなく、ラジオも聞いたことがなかった。しかし、聞こえてくるのは記号をただ棒読みする人の声だけだった。「A665BF」と六桁の数字とアルファベットが混ざった言葉を、女と男が交互に入れ替わって読んでいた。二度繰り返されると、また別の記号が読まれていく。ライはそれを聞きながら頷《うなず》いたり、首をかしげたりしている。

「これは何なの?」

わたしが聞いてもライは黙ったままだった。ちょっと静かにしていてくれということなのか、むすっとしているようにも見えた。

信号はなかったが、普通の車道だった。途中で数台の車とすれ違った。トラックやダンプカーなどは走っていない道のようだ。工事の看板などはどこにも見当たらなかった。

「ここも敷地の中?」とライに聞くと、ライはようやく耳を傾けてくれて「もちろんそうだよ」と自信満々に言った。

「現場には舗装されてる道なんかほとんどないから」

「そりゃC地区は特にね」

「Ｃ地区はまだ工事が終わってないってこと？」

「いや、Ｃ地区の工事は完了してるよ」

話がかみ合わない。まるで寝ぼけているときのようだった。しかし、わたしははっきりと起きていた。ライが眠っているのかもしれない。わたしは焦ってハンドルを持つ手を見たが、自動運転で進んでいるわけでもなかった。ライが運転しているのはマニュアル車だった。

「この車を一度見たことがあるんだけど」とわたしは言った。

「えっどこでどこで？」

「ディオランド」

わたしがそう言うと、ライは突然急ブレーキをかけ、車を側道に停めた。

「ディオランドを知っているの？」

黙ったまま頷いた。

「感じたのか？」

ライの質問の意味がわからなかったが、わたしはディオランドで出会った人々や街の様子を説明した。それを聞くと、ライはハンドルを叩き、大声で喜んだ。

「お前はたいしたやつだ！」

ライはなぜそんなに喜んでいるのだろうか。ライは喜びを止めることができず、それ以上わたしの話を聞こうとしなかった。

「それだったらお前がこれから行く場所についてすぐわかるよ」

ライは笑いが止まらないまま、両手でわたしの肩をつかみ、涙を浮かべた目でこちらを見た。

「ガルを見ただろ？　ガルのあとを追って、現場に戻ったはずだ。それが確かなら、これから向かう場所にお前を置いていく理由がおれにもわかる。お前はわからないかもしれないけどね」

ライはそう言うと、急発進し、ハンドルを右に切った。道はないのに、車は草むらの中を走っていく。石を踏んだのか車体が少し浮いたが、ライは気にすることなくどんどんスピードをあげていった。しばらくすると草むらの向こうに舗装された道が見えてきた。車が走っていた。同じ銀色の車だった。

「どこに行くの？」と不安になったわたしは聞いた。

「食事はもうすぐだ」

ライはそう言うと、勢いよくその道に車を乗り上げた。

28

一車線だけの道をしばらく走り続けると、ゲートが見えてきた。

「おれが連れていけるのはここまでだ」

「どこだかわからないまま降りるのは、不安なんだけど」

「そんなのどこでもそうだよ。ほら」

ライの顔を見ると、さっきまでと明らかに違っていた。

これ以上、何を言っても無駄だ。わたしはドアを開けて、恐る恐る車道に降りた。タクシーのように自動でドアが閉まると、ライはバックで急発進し、Uターンすると走り去っていった。

これで働いているといえるのか。今はただ歩いているだけだった。しかし、仕事場に戻れと言う者もいない。アナウンスの声も聞こえてこなかった。わたしの現在地など誰もわかっていないはずだと思いつつも、ライの言動などを考えると楽観視はできなかった。ゲートに近づくと自動的に門が開いた。守衛室には誰もいなかった。

向こうに人影が見えた。身を潜めようと思ったが、こちらに手を振っている。

ウンノだった。親友と久しぶりに再会したような気になったが、ウンノとはちゃんと話したことすらなかった。

「本、どうだった？」とウンノは言った。

「ロンってやつに貸したよ」と伝えると、ウンノはうなずきながら「それなら間違いない」と言った。ウンノは「おれ、建設現場から離れて医務局にいた」と言った。

「ぼくも定期検診の途中なんだけど」とわたしが言うと、ウンノは何かわかっているのか、笑顔で「冗談はよせよ」と言った。

「ここはサイトって呼ばれてて、医務局を出てきたやつら、つまり入院中だった労働者がリハビリを行うところなんだよ。本格的に建設現場へ戻るまでの間、しばらく集団生活をするんだ」

ウンノは説明しながら、わたしを二階建ての白い建物の前に連れていった。

「これは医務局上がりのやつらが寝泊まりする宿舎。宿舎と呼べるような場所はここしかない」とウンノは言った。

「腹減ってる？　食べるもんならいっぱいあるよ」

わたしが頷くと、ウンノは何度も「リハビリ棟裏玄関B」と言いながら、腰にぶらさげていた無数の鍵を触っている。鍵を探しているようだが、いつまでたっても鍵は見つからなかった。

「ウンノは何の病気でここにきたの？」と聞くと「仮病ですよ、仮病、ここにいるのに、正直に働いてても仕方がないでしょ」と、ウンノは笑いながらまだ鍵を探している。「どうすればいいかっていうと、ただ呆然と突っ立ってればいいんだよ。仕事場でも道端でもどこでもいい。ただ突っ立ったままお空でも見てたら、すぐに連行されるから。お前だってそうやってここに来たんだろ？」

「違うよ。ぼくは定期検診だって言われたんだ」

ウンノは関心がないのか、わたしの言葉はほとんど耳に入っていないように見えた。ただ鍵を探し続けている。

「ここがどこだかわからないし、時間の感覚もなくなってきているような気がするんだけど」とわたしが言ってもウンノはしばらく黙っていたが、おさえきれなくなったのか、突然腹を抱えて笑いだした。わたしは腹が立ったが、それでも自分の心情を伝えられる人間がいるだけましなのかもしれない。

すると、ウンノは真顔になり、一つの鍵を目の前に差し出した。ウンノは人差し指を口に当てると、裏に回って玄関の扉に鍵を差し込んだ。扉を開けて中に入っていったウンノはすぐにわたしを呼んだ。壁に棚が並んでいて、スナック菓子が大量に置かれていた。

「好きなだけとって食べていいよ」

ウンノはそう言うと座り込み、黄色い袋を開け食べだした。床には一面、ウールの絨毯が敷いてあった。部屋の真ん中にテレビがあり、ゲーム機が置いてある。ウンノはいつもそうやっているようにゲームをはじめた。

ロバを助け出すゲームのようだ。主人公は地平線が見える広大な草原を歩いている。ぽつぽつと小屋が建っていた。小屋の入口だけでなく、窓もすべて板で厳重に閉じてある。ウンノは手に持っているバールやトンカチを使って、釘を抜き、板を外し、中に閉じ込められているロバを次々と助けていった。しかし、背後から大きな壁がひとりでに動いて迫ってきていた。万里の長城のようにどこまでも続く壁だった。壁は草原の中をうねりながら自在に動き回っている。

ウンノはそのゲームをやりこんでいるのか、生き物のように襲ってくる壁の弱点を知り尽くしていた。壁は人間の存在を影で感知していた。そこでウンノは取り外した板を使って人型の影をつくった。見た目は木の破片をいくつか組み合わせた不細工な案山子《かかし》のようなものだったが、その影はみごとに人間の形をしていた。壁はまんまとだまされ、影に向かって膨れ上がり、板の案山子を飲み込んだ。ウンノはその隙《すき》に遠くへ移動すると、また別の小屋の中へ入り、横たわっているロバを発見した。

ロバはまだ産まれたばかりなのか、立ち上がることができなかった。ウンノはロバの赤ん坊を抱えると草原に出た。太陽の強い光がウンノとロバに当たっている。わたしはこの光景を見たことがあった。壁がこちらに迫ってきていた。ロバは何も気づいていない。ロバの世話に夢中になっているウンノまで気づいていなかった。わたしはつい声を上げそうになったが、それは杞憂に終わった。ロバを抱きかかえるウンノの影は両翼を広げる鷲《わし》のような鳥の姿に見え、壁がぶつかる瞬間、影は間一髪で嘘みたいな青色をしている空へと飛び立っていった。

わたしはぼんやりと空を見ていた。影はいなくなっていた。

「あの本はウンノが書いたの？」

ウンノはテレビ画面を見ながら、首を振った。

「２７９８って人が書いたんだよね？　さっき会った定期検診の担当医の名札にも同じ番号が書かれていたんだけど」

ウンノは持っていたコントローラーのボタンを押し、ゲームを一時停止させるとこちらを向いた。

「知らなくていいこともあるかもしれないけど、知りたいことは調べ続けたほうがいいと思うよ」

ウンノは自分のことを運び屋だと言った。本もそうやって渡ってきたのだろうか。ウンノならこの敷地のことをある程度知っているのかもしれない。しかし、ウンノがそんな重要な仕事をしている人間だとも思えなかった。わたしはいろいろ考えた挙句疲れてしまい、絨毯の上に横になり目を閉じた。

しばらくするとウンノが突然、わたしの腕を優しく掴んだ。ロバになったような気持ちになった。ウンノは二の腕をゴムで縛ると、注射器を刺した。驚いて目を開けると、ウンノはわたしの血を抜いていた。

「定期検診だからね」

ウンノは笑みを浮かべたまま、試験官に入った血を大事そうにテレビの横にあるケースに入れた。そして、スナック菓子が並んでいる棚に置いた。

「休憩時間はこれで終わり」

わたしは丸めた紙を手渡された。ウンノ曰く、それは図面であった。

リハビリ棟の廊下をウンノに連れられて、表玄関まで向かった。途中、何度かうめき声みたいな音が聞こえてきた。ウンノは、声にあわせて返事をするように叫んだ。玄関を出るとトラックが停まっていた。チャベスがこちらを向くと、いつものようにドアを手で叩いた。わたしは助手席に回ると、車に乗った。ロンはいなかった。チャベスと二人だと話すことは何もなかった。そのままトラックはC地区に入り水屋の前まで寄り道せずに向かった。わたしはチャベスに挨拶もせず、黙って車を降りた。

「一体、この時間まで何やってたんだ」とタダスが無線に耳を当てたまま、怒った顔で言った。わたしが手に持っていた図面を差し出すと、ペンが上にあがってこいと無言で合図をした。

29

二階の現場は新しくやってきた労働者たちも加わり、人で溢れ、いつもより活気があるように見えた。売店からは相変わらずマムの声が聞こえてきた。わたしは戻ってこれたことが何か奇跡のように思えた。

ペンに図面を渡した。わたしは定期検診に行っていたわけで、新しい図面を調達するなんてことは誰も知らなかったはずだ。しかし労働者たちは図面のことを楽しみに待っていたような顔をしていた。

図面はワェイが描いたものだった。右下には男のサインも入っている。ペンはきょとんとしていた。

「一体、これはなんなんだ?」とペンが言った。

わたしは会議の様子をペンに伝えたが、彼はわたしのことを疑っているように見えた。正確に説明したければ、手帳を見せればいいのだが、それはやめた。手帳にはディオランドにいたペンのことも書いてあるし、この現場に対する疑念も書いてあった。労働者たちは判読することもできない図面を前にして、退屈しのぎなのか、ああでもないこうでもないと議論をしだした。わたしは馬鹿らしくなって、自分の寝床のまわりを掃除することにした。

アナウンスが聞こえてきた。

「なにもかも崩壊している！　C地区F域で、A地区の崩落が伝播していったものだと予想される。当番はすぐ駆けつけるように。図面は随時変更し、無線で知らせる」

いつもの崩壊を知らせる男ではなく、ライの声だった。わたしにはそう聞こえた。みな床に転がっている道具をかつぐと、建物横に停車していたトラックの荷台に乗り込んでいった。わたしもついていった。荷台にはペンもいた。ペンはまださっきの図面を持ったまま、見入っていた。

崩壊はまったく止まっていなかった。それは当たり前だ。これもまた建設の一部なのだから。わたしは自分がそう考えていたことを思い出した。わたしは手帳を見た。何も書いてなかった。わたしは自分がいつからか鉛筆を手放していたことに気づいた。設計部の様子は頭に入っていた。これはわたしの記憶なのだろうか。考える速度が増していた。しかし、わたしは自分の置かれた状況をほとんど把握できていなかった。

タダスからバールを渡された。これもまたゲームの一種なのか。ウンノはこの崩壊現場に駆けつけているのだろうか。いろんなことが頭の中を通り過ぎていった。どれも本当にすり抜けていった。考える速度についていけなくなってしまっているわたしには今、何をすればいいのかがまったくわからない。しかし、体は動こうとしていた。体は何を察知したのだろうか。これはわたしの体であり、わたしはここ以外にはどこにもいないはずだった。

トラックの荷台からチャベスの顔が見えた。彼もトラックを運転し、崩壊現場へ向かっていた。雨が降っていた。ペンの横にロンがいた。ロンはこちらに気づいていない。彼はただ本を読んでいた。あの本だろうか。しかし、わたしには彼がロンだとは思えなかった。

崩壊現場に到着すると、われわれはすぐに現場へ向かった。先頭はルコという若い男だった。ここでは彼が責任者のようだ。ルコは髭を生やし、精悍な顔つきをしていた。彼は労働者ではないように見えた。知的で、肉体労働をするつもりはなさそうだ。ペンはルコの話をうなずきながら聞いていた。言いなりになっているように感じた。

タダスもここでは無線の情報をルコに伝えていた。昨日、ペンが崩壊現場に参加しなかったことが原因なのか。わたしにはここでの力関係が理解できなかった。

F域に入るためには、ここからさらに歩いていく必要があるようだ。号令がかかり、それぞれの班に分かれて、進んでいくことになった。わたしはペンとは別の班になった。ルコは六つの班すべてを統率する役目を受け持っていた。別の地区からも応援がきているのか、いつものトラックとは別の色のトラックも停まっている。真っ黄色の大きなトラックだった。屋根にはスピーカーが搭載されていて、サイレンの音が鳴り響いていた。何の警告なのか、わたしにはさっぱりわからなかった。警告音は労働者たちのやる気を奪い取っているように見えた。

雨が強くなってきた。ルコはわたしに隊列の一番先頭を歩くように命令した。しかしわたしは崩壊したときの仕事の段取りをまったく知らない。他のトラックは途中でタイヤがパンクしたらしく到着が遅れていた。われわれはとにかく前に進むしかなかった。わたしはそもそも崩壊が起きている現場がどこにあるのかすらわからず、ただ闇雲《やみくも》に歩き続けるしかなかった。ルコは隊列には加わらず、タダスと一緒にトラックを停めた場所にとどまったまま、無線でわたしに指示を送り続けている。わたしは腰に無線機をぶらさげたまま先へと進んだ。

獰猛な獣でもいるのではないか。わたしは視線の先の茂みを見ながらふと、そう感じた。わたしはとある木のことを思い出したが、それが何の木なのか、いつ頃見た木なのか忘れてしまっていた。

雨が降っているというのに、体は温かかった。麻痺しているだけなのかもしれない。わたしは次々と頭の中を行ったり来たりする、感覚に集中しはじめた。どれくらい時間が経過したのか、我に返り、後ろを振り返ったときには、誰もいなくなっていた。しかし、声は相変わらず腰から聞こえていた。気づくと、後ろからついてきているはずの労働者たちの声もまた、無線機から聞こえていた。

わたしはすぐに立ち止まった。もうF域の中に足を踏み入れているのか、まだなのかすらわからなくなっていた。植物が鬱蒼と生い茂り、森になっていた。わたしはなぜか立ち並ぶ見知らぬ樹木の名前をすべて書き記すことができた。

30

森に生えていた木はすべて違っていた。一本も同じ木はなかった。わたしは手帳に知らない名前を次々と書いていった。明らかに異常な現象だったが、手は気にすることなく、奇妙な運動を続けていた。地面からは花のない茎がそこらじゅうに伸びていた。どれも地面から抜け出しそうなほど生き生きとしていた。

無線機からルコの声が聞こえた。ルコは森にいるのがわたしだけだとは思っていないようだ。号令をかけるようにわたしに告げた。班は、わたしを先頭に三十人ほどいたはずだ。出発前の号令の声がまだ耳に残っている。

わたしは森を前にして感嘆の声をあげそうになったが、見ないふりをしようとする自分がいることも知っていた。これは一つの技術だった。分裂することで、森の壮大さに飲み込まれないようにした。わたしは崩壊を止めるという労働ではなく、何か別の目的を感じていた。

「さらに前に進め。お前たちの居場所はちゃんと把握しているから、迷いこむことはない。恐れず進め」とルコが指示を出した。ペンと違い、ルコの言葉はまったく信頼できなかった。目の前にガルがいた。一〇台ほどいたのではないか。ガルは瓦礫を集めているのかもしれない。雨は激しかったが、ガルは変わらず作業を続けていた。崩壊は続いていたはずだが、音はまったく聞こえてこなかった。森は静かだった。わたしはロープとバールを手に持っていた。しかし、これでどうやって崩壊現場を修復するというのか。

「さらに南に前進」

威勢の良いルコの声が無線機から時々聞こえてくる。崩壊など起きていないのではないか。わたしは無線でガルがいることをルコに伝えた。わたしの他に労働者がいないことは伝えなかった。それを知ったルコがどうなるかを想像するだけで嫌になった。

「もうすぐ応援部隊が到着する」とルコは言った。それは彼の妄想で、実際には誰一人こちらに向かってくる者はいない。そんなことは日常茶飯事だった。わたしにも同じような経験があった。どこそこへ向かえと命令され、指定された道を進んだとしても、到着するのはいつも見当違いな場所だった。そこでは別の問題が起きていて、夢中になって処理している間に、崩壊は終わっていた。結局のところ、わたしは崩壊の瞬間を一度も見たことがないのかもしれない。ところが、瓦礫は至るところで増え続けていた。

わたしは大きなネルカシアの木を見つけた。親指大の葉っぱが密集しているので、雨宿りするにはもってこいの木だった。幹に身を隠し、顔を少し出しながらガルの動きを観察することにした。わたしにはF域が敷地外だとは思えなかった。むしろ、重要な場所なのではないか。工事が行われているようには見えない。F域はもうすでに完成しているのかもしれない。

ガルは作業を続けていた。人間は一人もいなかった。照明が光っていた。わたしが突然、姿を現したらどうなるのだろうか。ルコは「早く進め!」とうるさい。わたしの居場所は把握されていた。仕方なく先へ向かうことにした。わたしは幹から幹へと身を隠しながら、ルコの示す方角に従い前進を続けたが、途中で土に埋まっていた石につまづき転倒してしまった。動くものをすべて感知するガルは、一瞬でわたしの存在に気づいた。匂いすら嗅ぎ取られているようだった。獰猛な生き物に見えた。

ガルはわたしを見つけると、バックのまま、ものすごいスピードで木をなぎ倒しながらこちらに向かってきた。ガルはすぐに倒れた木々を可動式のアームで摑み、荷台に積み込んだ。ガルの車体からは触角のようなものが伸びていた。先端が光っている。光はてんでばらばらの方向を向いていて、生き物の目というよりも手足に思えた。

わたしは頭から足の指先まで幹に吸い付くようにくっつき、木になりすまそうとした。そのとき、ルコがまた叫んだ。ガルは低い機械音を出し、威嚇しながら地面の上を滑るようにこちらに近づいてきている。

「ガルに見つかってしまいました」

わたしは声帯を震わさないようにルコに伝えた。

「ガルがなんだ。あの運搬車に見つかったって、それがどうした」

場違いなルコの声にガルが反応した。

「サルト、応答せよ」

ルコが言った。彼はなぜかわたしの名前を知っていた。彼らの前では一度も名乗ったことはなかった。自分自身も思い出したばかりだ。ペンも知らないはずだった。定期検診の間に、何かが少し変化していた。

ガルは腕をわたしのほうに向けた。わたしはただ従うしかなかった。武器は何も持っていなかった。抵抗しても無駄だった。ルコは「前進！」とまだ命令を続けていた。わたしはアームで摑まれると、荷台に放り込まれた。ガルはわたしを何本も生えている光の触角で確認すると、アームを折りたたみ、また集団のところまで戻って行った。

31

瓦礫の上でわたしは雨に打たれたまましばらく動けなかった。体は冷たくなっていたが、かといって震えるほどではなかった。ここでは、何がどうなっても問題にはならず、前向きに考えようとしても、いつも歯車が狂っていた。わたしは起きつつ、何度も眠りについていた。今も眠くなっていた。しかし、わたしは体を起こした。実際に起きているのかわからなくなっていた。体を起こした感触は確かにあった。

瓦礫はどこまでも広がっていた。ガルは巨大だった。木の陰から見たときよりも大きく感じた。荷台には崩壊でできた瓦礫が積み込まれていた。少なくともわたしはそう思っている。もちろん、わたしの判断が常に正解だったわけではない。大抵は間違っていた。わたしは常に移り変わる自分の状態に対して、嫌気がさしていた。

瓦礫の中から煙があがっていた。小さな火も見えた。雨なのになぜか消えずに燃え続けていた。わたしは体が冷たかったからか、火に近づいていった。やけくそになっていたのかもしれない。しかし、わたしはこの場所に馴染んでいた。疑問をまったく感じなくなっていた。わたしは匍匐《ほふく》前進で、瓦礫の上を進んでいた。崩壊は崖で起こっていると労働者たちは言っていたが、崖そのものを見たことがなかった。瓦礫を見ると、とても崖が崩壊したとは思えなかった。瓦礫はレンガやプラスティックやコンクリートの破片ばかりだった。石もあったが、表面は人間の手で削られていた。木も職人の手で製材されたものばかりだった。ところが、瓦礫を見ても、わたしには壊れる前の姿をまったく想像することができなかった。

ガルは縦に一列に並び、かなり早い速度で走っていた。こちらに向かって石が飛んできた。わたしは体をよけたが、石は左の太ももに当たった。炎のまわりで影が動いていた。目玉が見えた。三人の子どもたちがこちらを見ていた。

子どもたちは瓦礫を積み上げて、屋根のある場所をつくり、雨をしのいでいた。凍えていたわたしは子どもたちに近づくと、「火に当たらせてくれないか?」と聞いてみた。しかし彼らには言葉が通じなかった。まだ十歳にもならない子どもたちだった。一人がまた石を投げてきた。わたしはその石を素手でつかむと、寒いということを身振りで伝えた。子どもたちは互いに顔を見合わせると何かつぶやいていた。彼らの顔はわたしと違う人種の人間には思えなかったが、火の扱い方や石の投げ方などの身振りは人間というよりも太古の猿人のようだった。

荷台には強い風が吹いていた。わたしは腹ばいになると、さらに彼らに近寄っていった。彼らは奥に逃げていった。雨宿りしていた瓦礫の山にはずっと奥まで穴が続いていた。わたしは彼らがいなくなった軒下《のきした》の焚き火の前に座った。子どもたちは水屋の現場でも使っていたレンガで竈《かまど》を作っていた。竈には鍋が一つ置いてあった。おいしそうな鶏肉の匂いがした。油の匂いもそこらじゅうに漂っていた。穴の奥は暗くてよく見えなかった。ときどき声が聞こえてきたが、わからない言葉ばかりだった。声というよりも呻《うめ》いているようだった。

わたしは火に当たりながら深呼吸をした。タバコを吸おうと、炎に近づけると、背後から動物の鳴き声が聞こえてきた。振り向くと、さっきの子どもが一人戻ってきていた。

「サルト」

わたしは名前をゆっくり口にした。子どもは喉を鳴らし、わたしを威嚇した。今度は「サ」「ル」「ト」と一語ずつ言葉を発した。わたしは何度もゆっくり「サ」という言葉を、口の開け方、音の出し方、そのときの顔の形を示した。

子どもは、じっと見ていた。彼は当然ながら子どもではあったが、わたしにはそう見えなかった。彼の顔の皮膚は乾燥し、ひび割れていた。指の節《ふし》は太く、手の甲は傷ついていた。老人のようだった。しかし、髪だけは黒々としていた。わたしは自分の胸を指さし「サルト」とまた名乗り、彼のほうを指さした。

彼は無言のままだった。彼はわたししか見ていない。自分が何者であるかなどまったく関心がないように見えた。彼にはどのように見えているのか。わたしは彼の目に映っている自分のことを想像した。

彼にとってガルは車ではなく、地面だった。彼はここで生きている。彼には思考というものは存在せず、ただ体を動かすという行為だけがあった。一方、わたしは考えてばかりいた。しかし、実際のところはわたしだって、ただここで動いているだけなのだ。手帳に残したところで、読む者など誰一人いなかった。わたしは今、見えているものをありのままに書いている。これは思考と言えるだろうか。

彼はわたしの体を触ってきた。親しみを込めて触っているわけではなさそうだが、怯えているようにも見えなかった。彼は触ることでただ確かめていた。もちろん、わたしも危害を加えるつもりはなかった。今はただ火に当たらせてもらえればよかった。彼はわたしの五本の指を一本ずつ触って確認すると、鼻を近づけて匂いを嗅いだ。

目は見えているようだ。それすらわからなくなるくらい、彼の動きはぎこちなかった。彼は服の中から、小石を一つ取り出し、爪で弾くとわたしの頬に当てた。跳ね返った石は瓦礫の上に落ちていった。彼は小石が落ちたところに汚れた指先で目印をつけると、今度は肩のほうへ向けて小石を弾いた。その行為は同じように肘、腹、尻、ふくらはぎ、そして足の甲と続いた。その後、彼は目印どうしを落ちていた枝で線を描いて結んでいった。何の儀式なのか。彼はときどき小さく言葉をつぶやいていた。スム、サム、そんな言葉を発していた。わたしは黙っていた。彼は対話しようとしているわけではなかった。それは当然だ。動物だって喋らない。触れることはあっても、言葉で話すわけではない。バルトレンもそうだった。バルトレンが椅子の上に座って、劇を演じたとき、彼は無言のままだった。その姿は労働者たちの声にかき消されることもなく、今もくっきりと目に残っている。この子どもの行為もそうだ。ただ目に焼きついていた。意味を理解するよりも先に、わたしは彼の行為のおかげで穏やかになっていた。

32

この子どもには名前がなかった。わたしだってそうだった。いま口にしている名前もわたしが思い出したと思いこんでいるだけで、正確な名前なのかどうかはわからないのだ。わたしはこの子がどんな生活を送っているのか少しも想像することができなかった。彼にはわたしとは違うものを感じる。それは彼が言葉を発していないからか。しかし、言葉を発していないと感じているだけなのかもしれなかった。よく見ると彼はわたしに何か話しかけていた。わたしは彼の口を見た。唇が動いていた。その形を見ながら、わたしは自分の口を動かし、喉を震わせた。声を聞くと、わたしの名前だった。

彼はわたしを見ていた。彼にとっては視線も言葉なのかもしれない。彼は目でわたしに合図を送った。わたしがそう感じただけだ。わたしは這いつくばったまま、彼の後を追った。穴はずっと奥まで繋がっていた。腹ばいにならないと進めなかったが、次第に広くなっていった。わたしが立ち上がると、彼はまた小石をポケットから一つ取り出した。彼は小石を服の中に大量に入れていた。今度は、わたしに向けてではなく、穴の壁に石を投げた。音が鳴った。聞こえるか聞こえないほどの小さな音だったが、いつまでも鳴り止まなかった。彼はしばらく耳をすますと、そこからは慎重に歩きはじめた。奥はさらに真っ暗闇でもうほとんど見えなくなっていたが、彼は気にすることなくまっすぐ進んでいった。おそらく彼にはしっかりと見えているのだろう。

わたしは彼のことを考えていた。どうにか言葉にしようとした。そのたびに小石が壁に当たり音が響いた。音は鳴り止まず重なっていった。彼は石が転がった場所まで歩いていくと、また指で印をつけ、そこらへんに転がっていた針金などを置いた。真っ暗だったが、わたしにはそう見えた。

わたしはこの子どものことを知っていたわけではなかった。誰からかこんな子どもがいるという話を聞いたこともない。わたしは何も知らない。子どもなどこの建設現場では見たことがなかった。

ディオランドには子どもたちがいたではないか。あれは幻ではなく、わたしは実際にあの場所に足を踏み入れて、目でしっかりと子どもたちの姿を確認していた。しかし、わたしはあの時間を自分が経験したものと思っていなかった。体が感じた経験だったのではないか。足が理解していただけなのかもしれない。わたしは思い出した自分の名前すらもうすでに疑ってしまっていた。

子どもはどんどん先へ進んでいたがわたしは止まっていた。しかし、ずっと子どもの大きさは変わらず、下を向くとわたしの足もまた動いていた。立ち止まっていたのは頭の中のわたしで、ずっと眠っていたからかぼんやりとしている。わたしは歩きながら考えていたが、頭の中のわたしは何も気にしていなかった。

子どもは小石をばらまいた。小石の音がそこらじゅうに響き渡った。頭の中のわたしには聞こえていなかった。それでも頭の中のわたしもまた子どもについていこうとした。子どもは一切振り返ることなく、前を向いていた。わたしには子どもの後ろ姿がはっきりと見えていた。子どもを追いかけながら、まったく知らない思考回路が見つかったように感じた。

初めて人と出会うとき、向かい合っている人間に対して身振りや口の利き方、服の着こなしなどを見ながらいろいろと想像する。それによって次にその人が口にしそうなこと、行動しそうなことを想像する。それに対処するために備える。防御を行う。しかし、わたしは今、防御が崩れてしまっていた。わたしは丸腰だった。子どもだったからか。人と会っているというよりも、見たことのない物質を発見したように子どものことを見ていた。頭の中のわたしが子どもを見ていた。子どもには二人いるように見えていたのかもしれない。わたしはそのうちの片方だった。

子どもはただ木を見るようにわたしたちを見た。わたしとは目が合っていなかった。頭の中のわたしはまだ眠っていた。体を動かしてはいたが、夢を見ていた。夢の中でもう一人のわたしはまったく別の人間になっていた。わたしは自分の顔を忘れていた。自己証明カードの写真もわたしだという確証はなかった。子どもがそう伝えているように感じた。だからこそわたしは穴の奥に向かっていたのだ。

ルコの声が聞こえてきた。無線機からだ。

「崩壊はその先で起きている！」とルコは言った。

ガルは猛スピードで崩壊現場へ向かっているのかもしれなかった。ここはもうF域なのか。頭の中のわたしにはまったく方向感覚がなかった。子どももまたそうだった。彼らには彼らの場所の感覚があった。これはわたしが認識しているのではない。わたしは集団の一人にすぎなかった。わたしが忘れても、頭の中のわたしは忘れていなかった。しつこく考え続けても、なかなか腑に落ちないのは、このもう一人のわたしが眠っていたからではなく、ちゃんと思考していたからだ。

「子どもと対話することも可能だ。しかし、それは対話といっても言葉を介したものではない。お前が書いているものも言葉ではない。言葉は外に出すことができない」

もう一人のわたしはそう言うと目を開いた。

33

子どもは行き止まりまで来ると、持っていた石を全部ぶちまけた。砂がこぼれるような音がした。他に子どもが三人いた。子どもは三人に近づくと、わたしのほうを指差した。子どもたちはこちらを見たが、それぞれ違う方向を見ていた。わたしをここまで連れてきた子どもは一番年長のようだ。小さい子どももいた。三歳くらいだろうか。わたしは言葉をかけることもできず、ただそこに突っ立っていた。もう一人のわたしは違った。彼は子どもたちに近づき、一緒に座った。子どもたちはもう一人のわたしの頬を触ったり、髪の毛を撫でたり、耳をひっぱったり、噛んだりしている。生きているかどうかを確認しようとしているように見えた。

子どもたちは目が見えないのかもしれない。地中の動物のように目が退化しているのだろうか。しかし、目はぱっちり開いていた。明らかに何かを見ていた。焦点が合っているのは、わたしではなく、もう一人のわたしだった。今起きていることは、わたしの内側ではなく、外側で起きていた。いや、内側と外側がねじれていた。F域にいるからか。確かめようにも子どもたちとはまったく何も話せない。

わたしは、目を覚ましたもう一人のわたしのことを以前にも書いていた。しかしそれは、もう一人のわたしが書いたのではないか。わたしはそう感じている。ここではわたしが「場所」になっていた。F域とは関係なかった。

わたしは彼らにとっての「言葉」にもなっていた。彼らが何を話しているのか聞こえないのも、それはわたしが言葉だからだ。言葉には聞くという機能はない。わたしは淡々と書いている。手が勝手に動いていた。わたしに見えている風景ではなかった。

これはあくまでも記録であって、労働日誌とは別のものだ。誰かから命令されて書いているわけでもない。ルコはもう諦めたのか、無線機からは声がしなくなっていた。

子どもたちは指を使って伝えていた。もちろんわたしにではない。わたしはもう一人のわたしの代わりに、相槌を打つように首を動かした。それが見えているのか、子どもたちは三人とも笑った。年長の子どもは黙っていた。

もう一人のわたしに向けて、子どもたちは何かを伝えようとしていた。それがわかるのは、わたしの体が反応し動いたからだ。彼らは声には出さなかった。言葉にもなっていなかった。もう一人のわたしも黙ったままだ。言葉にするのはわたしの役割だった。わたしは彼らが触れ合うための装置のようなものだった。わたしは彼らの役に立っていた。

これは仕事なのだろうかとわたしは考えようとした。ところが突然視界が曇りはじめた。雨が降っていた。しかし、ここは穴の中だ。見上げると、黒い雲が空を覆っていた。雨水が目に落ちてきた。瓦礫でできた穴などなく、もう一人のわたしもまた濡れていた。子どもたちは瓦礫の陰に身を潜めて、うまく雨を避けていた。霧の向こうで崩壊が起きていた。

大量のガルが集まっていた。人間はいなかった。労働者たちは誰一人、到達できなかったようだ。これがわたしの仕事だった。労働者は崩壊を止めることが仕事なのだ。結局、崩壊を止められたことなど一度もないのだが、仕事をしないわけにはいかなかった。わたしは霧をただ眺めていた。

子どもたちは笑顔のままで、崩壊だとすら思っていないように見えた。子どもたちにとっては違った意味を持っているのかもしれない。雨を止めようとしたことはない。それなのに、わたしは崩壊を止めようとしていた。

子どもたちが口にしようとしていること、口にはしていないが体の中でうずいていること。体の中なのかわからない。わたしは混乱していた。目の前で起きている崩壊のことだけでなく、子どもたちにとっての何か、もう一人のわたしがいる場所、それらをつなぐものとしてわたしがいて、わたしは今、書いている。

出たり入ったり、現れたり、消えたり、いつもとどまることなく、動き続けているわけでもなく、ただ止まっていたとしても、それでも声もあげずに、かといって頭は起きていて、寝ぼけているのとも違って、歩くこともできて白昼夢みたいにそれは完全にわたしから抜け出してしまって、勝手な真似をしているのとも違って、どれとも違っていたが、わたしがこれを書こうとしている状態は、見ることもできないのに、感じることができた。うまく言葉にできないわたしはただ崩壊の様子を、見ることもなしに書くのか。そうするしかないのか。考えは止まることなく、しかし、とっくに崩壊は終わっていたのかもしれない。わたしは穴の中にいた。風が吹き抜けていった。わたしは微動だにせず立っていたからそう思っていただけで、作業服はすでにびしょ濡れの状態だった。

34

何もない。ただの空気の膜を通して向こうを見ているような気分だった。目で見たところでわからなかった。これが目なのかどうかさえわからなくなっていた。目がつぶれてしまっているのではないか。音もしないがもしかすると耳まで、と体のあちこちを触って確かめた。痛みもなく、それはわたしの体そのものだった。

落ちていくものなどなく、むしろ上に浮かび上がっていくような予感がした。これのどこが崩壊なのか。しかし、これはあくまでも崩壊の一つの形態にすぎないのだろう。わたしが知っていることは、人から聞いた話だけだった。今、わたしはこの崩壊に誰よりも先に触れている可能性があった。

子どもたちには崩壊がどのように映っているのか。わたしはできることなら彼らの目で見たかった。彼らはこの状態を崩壊だと感じていなかった。彼らがわたしの体を通して見たものは、崩壊というよりも変化し続ける蒸気の姿だった。

ここから離れてしまったら、わたしはもう二度とこの場所に戻ってくることができないだろう。わたしは今、この場所にいることが奇跡のように感じていた。わたしはここで起きている現象に見とれていた。しかし、何も見えていなかった。見えていないのに見とれていた。つまり、わかっていたことだが、わたしが見ているのではなかった。

前方に一台のガルが止まっていた。アームを動かしながら瓦礫を積み込んでいる。そのガルの荷台の上に男が立っているのが見えた。目をこらすと、その男はもう一人のわたしだった。男はわたしの頭の中にいたわけではなかった。わたしから発生しているわけでもなかった。自分の足で立って遠くを見ていた。

しばらくすると、男はガルから降り、一人で歩きはじめた。地表を漂っている蒸気は男を見つけると、ゆっくりと巻きついた。男は何も気にせず歩き続けている。わたしにはそう見えた。

子どもたちなら何か知っているかもしれない。振り返って彼らを見た。子どもたちはまるで広がる草原か大きな海でも見ているような顔で、瓦礫が広がる景色を眺めていた。瓦礫は霧の向こうから洪水のように流れ出ていた。それなのに、辺りは沈黙に包まれていた。

この静かな時間が一体何なのか。わたしは言葉にすることができず躊躇していた。しかし、鉛筆は止めずにいた。なぜなら時間は雲みたいなものだったからだ。

何も見えなかったが、物質の予感はそこらじゅうに満ちていた。わたしはそんな気配をすぐに感じた。隠されているわけではなかった。ただそこにあった。だからこそわたしは何も疑うことなく、目の前の光景を受け入れていた。これは嘘ではない。わたしは崩壊そのものとなって、こちらに向かってくるガルを眺めていた。感情も何もないのだから、記憶できるわけがない。わたしは崩壊そのものとなって当然のように崩れ落ちていった。

子どもたちはそんなわたしをじっと見ていた。今なら子どもたちと話すことができるのかもしれない。しかし、わたしはわたしではなくなっていた。思考しようとしても、次の瞬間、意志はすべて粉々になり重力に引っ張られていく。風一つ吹いていなかった。

わたしは混乱していたが、穏やかだった。視界は良好だった。初めて見る光景ばかりを目の当たりにしていた。霧のように、雲のように、時間ごとに変化していたが、目に見えるものを追いかけることはできなかった。これは崩壊ではなく、瞬間なのではないか。わたしが見たと思ったときにはすでに見られていた。高いところから地中の虫の節がはっきりと見えたり、実際に節の一つとなって体をくねらせたりした。

　雨が降っていた。これが崩壊ならば、わたしになす術はなかった。ただ味わうしかなかった。わたしは動きを止めるどころか、排泄するように瓦礫は体から溢れ、そのまま積み重なると子どもたちが暮らす家の屋根や壁となって、次の瞬間には破裂するように飛び散った。破片は途中で向きを変え、記憶の中の植物や、建物の影になりかわっていった。わたしは、自分が自分でなくなっているような感覚に陥ったが、もう気にしなくなっていた。投げやりになっていたわけではなく、むしろ明晰になっていた。すべてが見えていた。蒸発し、霧になると、そのまま落下した。淀むことなく、まわりの細胞とつながると同時にわたしは生まれ、次の人間に生まれ変わっていった。男がこちらを見ていた。子どもたちもまたこちらを見ていた。彼らにはこれが日常なのか、驚いてはいなかった。わたしは残像のように次々と生まれ変わっていた。

　雨は突然やんだ。気象の変化ですら、わたしには一つのおまじないに思えた。偶然見えた形がわたしの手足に見えたり、記憶を保存する倉庫だと気づいたりした。虹は見えなかったが、七色の光線が、からだを射抜いていった。わたしは驚いたり、冷静になったり、笑ったりしてばかりで、とても仕事中の労働者には見えなかった。

35

崩壊が終わるとガルは瓦礫を積み込み、アームを車体にしまいんだ。ガルはまた走り出した。わたしは座りこんだままだったが、子どもたちは立ち上がると、瓦礫を物色しはじめた。年長の子どもは迷うことなく選び取っていたが、他の子どもたちは何を選べばいいのかわからないのか、手に持っているものを年長の子どもにその都度見せていた。どれもガラスの破片だった。彼らは目に当てて、年長の子どもを見た。年長の子どもは時々口笛を吹いた。口笛が合図になっているのか、子どもたちはそのガラスを外に向かって投げた。彼らはまるで腹が減って食事をしているように、無我夢中で瓦礫を拾い続けていた。わたしも手伝おうとしたが、何をすればいいのかわからない。年長の子どもは何も指図してこなかった。

砂埃《すなぼこり》一つついていない自分の体を見ながら、わたしは自分が崩壊を体験したのか、ただ見ただけなのかわからなくなっていた。空は雲一つなく、風が吹いていた。次々と違う風景があらわれては通りすぎていった。

年長の子どもはガルの荷台の金具を取り外した。重いからか、彼は手こずっていた。気づくとわたしは自然と手伝っていた。持っていたバールで金具を取り外すと、突然分厚い鉄板が倒れ、積み込んでいた大量の瓦礫が車道沿いに落ちていった。

　ガルは少しずつ速度を上げはじめた。腰をかがめないとちゃんと立っていられなかった。瓦礫は故郷に戻ってきた労働者のように次々とガルから滑り落ちていく。落ちた瓦礫は生き生きとしていて、日の光を久しぶりに見たと喜んでいるように見えた。道に沿って瓦礫の山ができていった。瓦礫と同じように、子どもたちもまた躊躇せずに次々とぬかるみに向かって飛んでいった。最後に年長の子どもがこちらを一度、振り向くと、無言のまま鳥のように飛んだ。

　わたしは飛ぼうとはしなかった。しかし、結果的にわたしは飛んでいた。飛んだ瞬間、体は気流に乗ってしばらく宙に浮いていた。頭の中のわたしはまだガルの上にいた。男は立ったままこちらを黙って見ていた。ガルはさらに速度を上げ、次第に男の姿は見えなくなった。わたしは彼に手を振った。風景が地震でも起きたみたいにゆっくりと横に揺れた。音は聞こえなかった。こんな世界が広がっていたのかとわたしは驚いた。

　そこは街に見えた。白い看板に赤いペンキでAと描かれていた。車道は四車線あり、おそらく初めて来た場所だった。崩壊はC地区に囲まれたF域で起きていたはずで、それならばC地区を通過してもよさそうだが、見たことのある建物は一つも見かけなかった。わたしは地図が描けないから確かなことは言えないが、そもそもここでの地図はわたしが知っていた地図とはずいぶん違っていた。方向感覚もここで働く労働者全員が違っていた。方向感覚だけではない。

量や長さ、それこそ時間の捉え方もすべて違うような気がするのに、よく仕事が成立しているものだ。

子どもたちはしばらく横になったまま動かなかったが、彼らは虫のように一時的に仮死状態になって身を守っているだけだった。しばらくすると体を起こし、磁石のように集まった。年長の子どもが先頭に立ち、ぬかるんだ湿地帯を歩きはじめた。わたしも後からついていった。湿地帯の中に瓦礫で道がつくられているようだ。子どもたちはその道をまっすぐ歩いていた。

彼らはここでも瓦礫をそこらじゅうで積み重ね、建造物をつくりだしていた。瓦礫の表面はぬるぬるしていて、湯気が出ていた。これもまた蒸発してなくなってしまうのだろうか。地盤がゆるいのか、途中で見かけた柱はどれも斜めに曲がっていた。

子どもたちはこのA地区で暮らしているのかもしれない。ここでもまだ建設が継続しているはずだが、わたしの目の前に広がっていたのは、焼け野原みたいな湿地帯だけだった。構造体だけのコンクリートの建物が並んでいた。見たことのある人間はどこにもおらず、作業服を着ている人間自体いなかった。多くの人間で賑わっていたが、ここには労働者が一人もいなかった。

36

C地区は02通り以外は舗装されていなかったが、ここではどんな細い道ですら舗装されていた。ここにも地図はなかった。そもそも地図という道具自体、わたしがあると勘違いしているだけなのかもしれない。

子どものたちの歩き方は奇妙だった。慣れている道のはずだが、迷っているようにも見えた。時々、落ちているものを手にとるのだが、持ち帰ったりはしない。彼らは一歩歩き、そこでまた頭をぐるぐると回し、何かを探しているような顔つきをするのだが、次の瞬間には背筋をぴんと伸ばし、何事もなかったかのように歩き出す。そんな歩き方だから、直線の道でも、ずいぶん時間がかかった。しかし、何を探しているのかはずっと見ていてもわからなかった。

バスが走っていた。もちろんバスだけでなく、トラックも走っていたが資材を運んでいるわけではなく、生活雑貨をそれぞれの店に運んでいた。ここには店があった。建物はどれもC地区と同じように五、六階くらいのコンクリートの建物だった。壁はつくられていなかった。レンガはただ各階の床に高く積まれていた。それ自体が壁になっていたり、竃をつくり火をおこしている者までいた。建物のいたるところから煙が立ちのぼっている。

バスの車体の側面には大きな電光掲示板がはめ込まれていた。C地区と表示されているバスもあった。ガルの上にいた時間を考えると、C地区まではかなり時間がかかりそうだが、このバスに乗れば戻ることができるのかもしれない。しかし、バスには人と荷物が溢れ返っていて、とてもじゃないが乗る気にはなれなかった。それでも久しぶりに人々の声を聞き、わたしは家に帰ってきたかのようにほっとした。A地区はC地区とはまったく別の場所だったが、都市計画図が似ているためか、わたしは遠い未来のC地区で過ごしているような気分になった。

歩くたびに、C地区の記憶を思い出した。働く労働者たちの匂いも一緒によみがえってきた。わたしは水屋に向かうことにした。するとあの子どもたちが目に入った。

彼らは水屋の先にある広場へ向かっていた。広場はいつも朝礼をしていた場所だ。よくそこで次の現場の指示を受けていた。A地区では市場になっていた。子どもたちは店の前に立ち止まって物色している。物を一つ選び、それを持ったまましばらく目をつむった。店主は彼らを手で追っ払った。すると、彼らは文句も言わずに次の店へ向かった。その行為が延々と続いた。

市場内に不穏な空気が漂いはじめると、図体のでかい大人たちが彼らを市場から追い出そうと近寄ってきた。子どもたちは買うつもりがなかった。わたしは買ってあげようと思ったがチケットしか持っていなかった。市場では硬貨や紙幣が使われており、通貨が機能しているようだった。いろんな国の人間がいたが、なぜか会話は大抵聞き取ることができた。子どもたちは渋々市場を出ると、細い路地に入った。その路地だけは舗装されていなかった。奥には細い道が続いていた。抜けるとここにもまた瓦礫の塊が広がっていた。子どもたちが集めたのだろうか。彼らは道具ひとつ持っておらず、トラックなど運転できるはずがない。しかし、敷き詰められた瓦礫は丁寧に整地され、歩けるようになっていた。子どもたちは帰ってきたからか、ほっとして寝転がったり、隣にいる子どもに抱きついたりしはじめた。

十人くらいの子どもが瓦礫の陰からあらわれた。彼らの帰りを待ちわびていたように見える。ところが年長の子どもは手を差し出す彼らを無視し、間をすり抜けていった。そして、崩れ落ちているコンクリートの建物の中に入っていった。わたしも後を追った。

彼は階段を上っていった。柱から八本の細い柱が飛び出ている。階段の壁の落書きが目に入った。よく見ると、それはわたしが以前書いたものだった。ペンと議論したときに書いていたものだ。しかし、筆跡を自分のものだと勘違いしているだけなのかもしれない。

年長の子どもは二階に上がるとすぐに座り込んだ。その奥に部屋が見えた。わたしが寝ていた部屋だ。寝ているわたしの顔が見えた。声をかけようとは思わなかった。部屋には目一杯、瓦礫が詰まっていて、真ん中に男が背を向けて座っていた。その男は、設計部で会ったあの「先生」だった。男は机に座り、必死になって何かを描いていた。

「お前も描け」

男はそう言うと、こちらに紙切れを向けた。図面とはとても言えない、ただの落書きにしか見えなかった。わたしがぼうっとしていると、男は馬鹿にするような顔をし、また机に紙を戻すと、背中を丸めて描きはじめた。

2

37

わたしはバスの中で書いている。わたしはまったく疲れていなかった。もちろんこれがわたしの記憶ならば、である。しかし、わたしには記憶がない。
わたしは考えていることを次々と書いた。そうするしかなかった。これはあくまでもわたしの視点だ。わたしの中に生息しているのは人間だけじゃなかった。人間だけで八百人以上もいたが、それ以外に数十匹の犬、猫は八匹、狼は山の中に数匹隠れていて、山は見たことのない植物で満ち溢れていて、水も流れていた。それはもはや分裂ではない。わたしが知っているものとはずいぶん形が違っていたが、そこにも確かに別の時間が流れていた。

38

わたしは建設が終わらないことよりも、ここで生き死んでいく人間たちに目が向いていた。ここではあらゆるものが生死を問わず、まったく別の呼吸法を身につけていた。すっかり忘れてしまっていたが、わたしもまた書くことでどうにか呼吸を続けた。わたしは流れる時間の中にただぽつんと座っているわけではなかった。むしろ空気となって毎秒変化していた。呼吸は二の次に回すことができた。何よりもわたしの仕事は風景を書くことだった。皮膚の感覚は麻痺し、わたしには内臓ですら、茂みの陰に隠れた小川に見えた。わたしは水面に落ちた一枚の葉っぱを流れていくままに、ずっと目で追いかけ続けた。

39

わたしは労働者たちの昔話に耳を傾けたことがなかった。それは意味のないことだと思っていた。わたしの目の前には、いつも理解不能なものがあらわれてくる。謎ですらなく、それらはただ通り過ぎていくだけだった。わたしは意味を感じることができなかった。

わたしは手に一本の紐を持っていたが、その紐がどこからきたのか、誰がつくったのか、材料はなんなのか、その材料はどこで採取されたものなのか、製品なのか、手作りなのか、わたしはなにも知らなかった。紐のことがわからないだけでなく、紐をなぜ持っているのか、なにに使うのか、わたしはそういったことを知らないまま、知る必要もなかった。誰かがつくった痕跡はあるものの、簡単な道具一つですらわたしからずいぶん離れているように感じた。

「馬で移動する人間たちがいる。そこでは馬がまだ生きている。馬は誰もつくることができない。馬はわれわれとは違う動きをする。彼らには記憶がある。馬がまとってる時間はいくつも支流にわかれていて、それぞれに辿っていけば、その先を進むことだってできる。それで骨になったり、血になることだってできる」

A地区の道端で会った老人が言った。見てきたように語るので、わたしはてっきり彼の先祖の話をしているのかと思ったが、どうやらそうではないようだ。老人は「これは歌だよ」と言った。彼は今ではなくなってしまった言葉を拾い集めていた。ここにはもう技術と呼べるようなものはほとんどなくなっていた。

「技術を使っていた頃の時間や息遣いは周辺の風景に隠れてしまってる。わしはそのことに悲しみを感じるが、その悲しみがどこからくるのかすら忘れてしまった」

老人はわたしに向かってそう歌った。

40

通りで倒れていた男はやっとのことで立ち上がった。足が悪く、歩くことはできないようだ。男は黙って前を見ていたが、突然大声で独り言をはじめた。彼が口にした言葉はずっと前から覚えている台詞のようだった。

A地区はまだ都市として成立しているわけではなかった。水がまだきていなかった。水筒の水がどこからきているのかわたしは知らない。知っている者に会ったこともなかった。水筒係も知らなかった。彼らの仕事はただ水筒を回収するだけだった。水筒は軍用だった。しかし、ここには敵はいない。おそらくどこかの軍隊で使っていたものを使い回しているだけなのだろう。

男が手に持っていたのは水路の図面だった。しかし、肝心の水路がどこにも見当たらなかった。男は大きな地形図の上を歩いていた。わたしにはただの影にしか見えなかったが、男の地図を参考にしている者もいた。男の行為を迷信だと馬鹿にするにはあまりにも証拠が少なかった。

41

F域について話をしていた者たちは、端にある日当たりの悪い部屋に集まっていた。部屋の床は巨大な浴槽のようだった。彼らは円を描いて座ると、乾燥した植物を燃やした。市場では、工具や黒光りする石などが通貨として流通しているようで、円のまわりにはそれらが無造作にばらまかれていた。

彼らは夢を見ることを仕事にしていた。彼らは複数人で夢を見ることができた。方法はただ耳をすますだけだった。彼らは言葉ではなく、耳をすますことで対話した。

彼らはある日、海の中にいた。溺れ死んでしまう者もいた。生き残った者はみな高い航海技術を持っていた。その技術は昔から伝承されているようだ。魚の形から波を起こし、それらを絵に描いていた者は実際に波をかぶり、びしょ濡れのまま目を覚ました。

呼吸の方法を忘れることができた者は、沈んだまま今も海底で生き、家族をつくった。海底で生まれた子どもたちは、生まれつき航海技術を持っていて、夢を見る者たちを助けた。長い時間が経ち、彼らはとうとう島を見つけた。島といっても、目には見えなかった。虫もおらず、植物も生えていないただの岩みたいなものだった。彼らは存在している島の記憶を左官仕事のようにその岩の先端に塗り続けた。彼らが先祖代々出会うことのできる極小の空間を、どうにかその夢の中につくりだそうとしていた。

42

わたしは息をするように書き続けた。わたしがこれから何をしようとしているのかは知らないままだった。それどころか、わたしは自分のことを間違っていると思った。こんなことをしても無駄だと感じていた。「無駄なことはなにもない」と言っていた者がいたが、わたしは無駄だと思いつつ書いた。わたしには書く理由がなかった。わたしは積極的に書いているわけではない。書くこと自体は息をすることに近かった。息を止めることは苦しかった。

わたしは目も耳も鼻もないと感じていた。体自体がなかったのかもしれない。わたしは知覚することができなかった。感覚を探す気力もなかった。食欲もなかった。わたしはすべてが嫌になっていた。それなのに、書くことを止めようともしなかった。書くことで、どうにかしようとした。しかし、それはいつも徒労に終わった。

43

わたしはまわりにあるものを、ただそこに漂っているものを、そのまま受けとめるのではなく、ただそのままにして、車の音や、空の音や、タバコの煙の音の中を歩き続けていた。わたしには光るものが見えていた。見えていただけでなく、感じてもいた。わたしは自分が感動するものを追いかけていた。離れて見て、しばらく地面の上に置いたままにしていた。わたしは自分の身に起きたすべてのことを振り返ろうとした。しかし、それは不可能だった。わたしは不可能なことに向かっていた。だから汗をかいていた。汗は偶然でもなんでもなく、ただの生理的な反応だった。

44

恐ろしいほど退屈な時間が過ぎていった。わたしは自分の存在がなくなってしまえばいいとは思わなかった。苛立っていることを気づかれないように、わたしは自分をそこらへんに転がっている石だと思うことにした。石はどこから運び込まれたのだろうか。わたしは人に聞くことをとうの昔にやめていた。いま、できるのはわたしがここにいるということを、自ら感じることだけだった。感じるために、わたしは体を取り戻そうとした。そのためにはまず血を通わせる必要があった。

「水をください」

わたしは店の主人に声をかけたが、四方八方を透明のガラスで覆われていて声が響かなかった。主人の姿はしっかりと見えた。店は他にもたくさんの人で溢れかえっていた。人々は店内にある大きな植物の下で、何か遊びをやっていた。わたしは幼い頃の記憶を思い出していた。もしかすると近くにいる人の記憶かもしれない。自分の記憶ではない、ということがわかっていながらも、なぜかわたしはそれを自分の記憶だと思い込もうとした。

「あんたは、なんだって、そんなことばかり考えているのかい?」

店の主人は驚いた顔でそう言った。彼は隣の客から注文を受けると、暖炉の前でしばらく手をあたためた。その後、彼は白い粉をふりかけた肉を手に持ち、そのまま炎の中に拳《こぶし》ごと突っ込んだ。

45

医務局内の椅子に三十人くらいの労働者が座っていた。実際に働いた経験のある者は一人もいなかった。しかし、手は汚れ、作業服も破れていた。中には女もいた。女はどうしてここにきたのかわからないようで、ひとりごとをつぶやいていた。

医師たちは労働者たちの疑問に答えることなく、黙々と診察をはじめた。目を開き、小さなライトを当てると、瞳孔の動きを確認した。瞳孔をカメラで撮影したあと、大きく壁に映し出した。いくつかの測定を同時に行っていた。

労働者たちは働く必要がないと気づくまでにしばらく時間がかかったが、それがわかるとみな笑顔になった。食事は好きなときにとることができた。医務局に十年以上滞在している者もいるという。中にはここで結ばれた者たちもいた。

家族をつくった労働者たちには仕事が与えられた。仕事の内容は、いくつかの薬を飲みながら、家族と生活を続けていくというものだった。はじめは彼らも戸惑っていたが、そのうちにどうでもよくなったのか、家族ですらないものも、家族の一員だと言い張ったりしだした。しかし、医師たちは彼らの言う通りに従った。

医務局では患者たちにすべての決定権があった。彼らの意見は法律よりも強かった。「動物園をつくりたい」と子どもが言った翌日には建設がはじまった。しばらくすると彼らは医務局の敷地すべてを、彼らが見た夢の世界と同じものにつくりかえてしまった。完成までには長い歳月がかかっていたが、実際は一瞬の出来事だった。医者は労働者たちの一瞬の思いや記憶、創造性に注目していた。敷地がなくなった彼らはすぐに敷地外の森林などに目を向けたが、彼らは一歩も外に出ることができなかった。そのため労働者たちはひたすら想像した。想像はふくらみ、異常なことが何度か起きた。いくつかは真実味を帯びはじめた。彼らが遠くにいる親戚に思いをはせると、実在しないはずの町から手紙が届いたり、役所の通知のような事務的な書類が送られてきたりした。

46

わたしは丘のふもとから見ていた。空が見えた。ここは砂漠だ。空は青かった。雲のずっと奥には見知らぬ生物の生活があり、わたしはそこにもいた。そこでわたしは今も育っている。もちろんすべて光の情報にすぎない。わたしは感じていることを書いているだけなのだが、同時に、これは見えていることでもあった。わたしは空気を吸っていた。知らない場所だとは思わなかった。わたしはそこで働いていた。わたしは記録を取る仕事をしていた。調査のための旅行中だった。誰かからの命令だったことは自覚していた。

目の前に二頭の馬があらわれた。どちらにも人間がまたがっていた。いま書いていることは、わたしが見た光景ではない。誰か別の人間が見ていた。人間なのかどうかすら定かではない。同時に二つのことが進行していた。わたしの目は見ることではなく、まったく別の機能をもちはじめていた。それは目だけでなく、体全体がそうなっていた。わたしの体は、同時にまったく別の生き物の器官としても働いていた。わたしの目は、その生き物にとっては嗅覚と記憶を結びつける柔らかい貯蔵庫のような役目を果たしていた。

47

町はいつまでたってもできあがらなかった。わたしはいつになったら休暇が取れるのかとばかり考えていた。故郷に戻るつもりだった。列車に乗っている間、わたしは手紙を書いた。書いただけでなく、わたしは手紙を郵便で送った。

郵便係のノットは自分でつくったらしい革のバッグにわたしの手紙も一緒にいれた。切手は不要だった。

「あなたさまから受け取れるものなんか何一つございません。それこそ、肉ですかね。あなたの腕やら足首やら、なにか取れるものがありますか。盗賊でもないのに」

ノットは目を合わさないまま言った。

「盗賊について知らないことがあればなんでも聞いてください。あいつらは、こちらが頼みもしないのに、わざわざここに入ってきてはなんでも盗んでいくんですよ」

ノットはそう言うと、バッグの中を指差した。顔は真横を向いていた。

「どれが盗まれたのかすら気づけないのは、雲が風に吹かれていつのまにか消えていることと似てます。つまり、この手紙はいつかどこかに届く。宛先だってないんでしょう？　故郷にはいつまでたっても戻れませんから、手紙なんてものが生まれて、それで運ぶやつらが生きていけるわけです。知ってるのはわたしくらいですかね」

わたしはほとんど想像しただけの列車の中で風を浴びた。

手を窓から出し、上から落ちてきている光線に当てた。

48

足裏の目で見ながら、歩き続けた。わたしの体は自動的には進まなかった。夢を見ながら、ここが夢の中であると書いていた。書いてわかるとかそういうことではなく、これがわたしの生活だった。誰かに見せるわけでもなく、決して振り返ることもしなかった。お金もいらなかった。食べるために働く必要はなかった。わたしはただ時間が気になっていた。

ここは町になるのかさえわかっていなかった。何を建設しているのか誰も知らなかった。人が動けば、物が動き、風が吹いた。あらゆるものがずっと動いていた。目の前に機械が置いてあった。何の役に立っているのかはわからない。しかし、機械は勝手に生まれてきたわけではない。誰かがつくったはずだ。わたしはふと機械には故郷がない、と思った。わたしのように。

わたしは生きているのだから、どこかにそれはあるはずだ。しかし、機械の部品のように、すべてがてんでばらばらに発生し、かき集められてできあがったように感じていた。

ペンもまたそうなのではないか。ディオランドにいたペンの姿を思い浮かべながら、そう考えた。すると機械から声が聞こえてきた。

「仕事というものは、はじめからあなたに設定されているわけじゃない。光があったおかげであなたは目をもつようになった。もうずっと昔、それこそ太陽が届く前、太陽ではない代用品で生き物が生きていたとき、そこらへんにあるものでもなんでも、光らせるものなら、手当たり次第手に取ったものよ。こうやって話すだけで、どんどん、昔起こったことになる。どうせそういったことも実際に起きているのかどうかすら、わたしにはわからないの。そういうことでもなければ、わたしたちは息をすることだって忘れてしまいそう」

女の声だった。いつもの崩壊のアナウンスの声だった。

「わたしはここで仕事をしているけど、それはずっとここから遠いところに誰かが待っているからやってるの。もちろんそれも想像の世界よ。わたしは想像しているだけ。誰かに抱きしめられたりした覚えはないわ。それでもいいの。それでもわたしは声を覚えているし、あなたにも伝わっているんでしょ。あなたは書いてばかりいる。それがまるであなたの仕事みたいに、書いている。でもあなたが自分のことを探ろうとすればするほど、そのノートが埋まれば埋まるほど、あなたは自分からどんどん離れていくんだから。それを忘れないようにね。もうすぐ崩壊が起きるわ」

わたしは辺りを見回した。崩壊が起きそうな崖もなければ、建物もなかった。

「ここには崩壊が起きてる正確な地盤を計測するための針が地中深くの岩盤に刺さってる。そこからの振動を、絶えず体感しながら、次の計画について練り続けている人間だっているのよ。その人の名前はなんだったかしらね。もうね、そういうことは問題なくなってて、名前なんかほとんどの人が忘れたか、捨てたからね。それでも残るものがあるけどね。崩壊のほうがまだましよ。ここで起きてることはわたしの中でもずっと昔、もちろん、それはわたしが生まれる前とかそういう昔ってこと。その頃からずっと起きてる。わたしは知っていたし、なんて言ってたっけって言葉で表すなんてことはもうとっくに諦めたんだけどね。わたしの声は別に母親ゆずりでもなんでもなくてね、飼っていた鳥がいて、まだその頃は鳥もいたのよ。ラクダだって、クジラだって、クマだって、そこらじゅうにいたわ。わたしはそうやって感じることができたの。感じたものはすべて口にしてた。それがわたしの仕事で、声が現場中に広がってた。それは生まれる前から。死ぬっていうのがどういうことなのかわかっていたらいいけどね。それがわからないから、わたしは崩壊のアナウンスをしているとき、いつも不思議な気持ちになるわ」

49

設計部はA地区とB地区の間にあった。わたしはどういうわけか、設計部に呼ばれた。もちろん図面があるわけだから、誰かが図面を引いてるはずだ。だから、それは別におかしいことではなかったが、なぜわたしが呼ばれたのかはよくわからなかった。わたしは図面なんか引いたことがなかった。定規一つろくに使えなかった。

食べるには困らなかったが、スープ一つじゃ満足できないわたしは、食料品を手にいれることに専念するようになった。仕事どころじゃなかった。仕事のほうは実のところわたしがいなくても問題なかった。それで盗賊たちと会うようになった。盗賊といっても彼らは、見た目はかわいい顔した若者だった。わたしは盗賊の仲間に入ったわけじゃなかった。相変わらず現場の仕事は続けていた。

盗賊たちはいろんな抜け道を知っていた。舗装された道は一切使わなかった。ここにはいくつも道があるが、それらはどこにも通じていない。道のふりをしてはいるが、あくまでも建物の機能にすぎなかった。もちろん歩いていればどこかにはたどりついた。ところがそうやって歩いていても、途中でいつも記憶を失ってしまった。夢でも見ているようで、あとから観察しても、それはあくまでも思い出しているだけで、思い浮かべた人や建物だって、わたしが勝手に一から作っていた。

わたしはどこかへ行こうとしていた。教えてもらった場所なのかは思い出せなかった。彼らからはもう食べ物は十分もらっていた。腹が減ったら、たらふく食べさせてくれた。わたしが欲しがるものはなんでもくれた。ここのことを忘れそうになったら、すぐに乾燥した植物をすりつぶしたお茶をくれた。あれを飲むと、わたしが橋の上から見ていた自分の顔や、その奥の石ころまですべてすっかり思い出すことができた。つまり、そこには川が流れていた。わたしはいつでも好きなときにさかのぼっていくことができた。船なんか必要なかった。わたしは体一つだったかすら覚えていない。

水と体が一つになろうとする合体の瞬間、体は完全に分解されてしまっていた。その中のどこにいるかで、体温が変わった。わたしはそういうことを一つ一つ確認した。

いま、わたしは設計部にいる。どうなってここにいるのかを説明しようとしている。ところが辿りつくまでの道を振り返ろうとすればするほど、道は分かれていく。わたしがどれを選べばいいのかを考えていると、盗賊たちはすぐ寄ってきた。彼らはどこにでもいた。いつでもわたしに声をかけてきた。

盗賊のボスは、ジュルという名前だった。カタという右腕がいて、ジュルは右腕がなかったから、本当にカタは体をぴったりとジュルにくっつけるようにして歩いていた。だから、覚えている声がジュルなのか、カタなのか、いまだにはっきりとしない。その声はいたるところから聞こえてきた。木の隙間を見つけたら、すぐこちらに寄ってきた。風なんか少しも吹いてなかった。彼らはわたしが忘れてしまった方法をいまだに駆使していた。わたしはただ受け入れるだけだった。

声はいつでもすぐにやってきた。おかげで迷いもしなかった。声は草を倒すことができた。木の一本くらい平気な顔で倒していった。わたしは迷わずに、帰る場所もないのに、なんだか懐かしくなって、その道を歩いていた。車が通り過ぎていったが、以前見た車とは違っていた。声はわたしに道を示し、わたしは後ろからついていった。足はすでに手下になっていた。腹が減っていたが、足は元気いっぱい、そこらじゅうを走り回った。

盗賊たちは、わたしの足も奪ったのかもしれない。それで誰かの足を勝手にわたしの体にくっつけたのではないか。気づくと地面からずいぶん離れていた。下を見ると土が見えた。草も生えていた。わたしの足は舗装された道でも歩くみたいに自動的に進んでいた。

森の奥に広場があった。わたしは腹が減っていたので、迷うことなく中に入っていった。地下に設計部があった。設計部には十人くらいの若者が働いていた。彼らがまずは人間なのかどうかをわたしは確認した。これもきっと盗賊たちの仕業《しわざ》だ。彼らが見ているものを手で触っても、わたしは感触一つ味わうことができなかった。それでも、わたしはそこで働きだした。わたしは誰からも不思議な顔をされることなく、設計部に入ることになった。以前、わたしはB地区にある窯場《かまば》でレンガを焼いていた。わたしはずっとそこでレンガをつくっていた。一日に五千個以上もつくった。働けと言われたら、そのまま受け入れるだけだった。いつだってわたしには決定権がなかった。わたしが働いていたのかすらわからなくなるときだってあった。それは設計部にきても変わらなかった。なぜわたしが設計をやる羽目《はめ》になったのか、振り返るよりもずっと昔に、これが決まっていたってことなのかもしれない。これはわたしとは別の体で起きていた。ところが別の世界ってわけじゃない。世界はいつだって一つだった。要はわたしが、一つじゃなかったということなんだろう。

50

崖の向こうは管轄外で、立ち入りも禁じられていた。逃げた労働者たちが隠れているという。脱走した労働者はカカンと呼ばれた。彼らだってもともとは従順な労働者だった。たとえどんな場所でも人が集まれば、その集団には一つの言葉が生まれる。言葉は雑草みたいなもので、地面の下には虫が群生しているし、死んだ人間だっていた。体が腐ろうが、存在していることに違いはない。言葉は忘れることなく、彼らが息をしていた頃の動きを導いた。わたしの足の裏を伝って体の中に入ってきた。

崖自体が記録になっていて、いくつも言葉が埋まっていたが、掘り起こせるわけではなかった。人間の手では不可能だった。次第に誰もいなくなっていた。人間は地下水によって何度も浮き沈みを繰り返した。思い出すために空を見上げた。人間の声はほとんど聞こえなかったが、鳥は聞き取ることができた。馬にもできた。しかし、今では動物はすっかりいなくなってしまった。

人間は地形を変化させる力を持っている。人間は言葉よりも、歌よりも、あらゆる道具、金属よりも先に生まれてきた。そもそもは地面の中にある音楽に近いものだった。それ自体が一つの会話だった。もちろんそれは人間同士の会話ではない。人間はあらゆるものが通過していく道のような役割を果たしていた。

崩壊の頻度は日増しに多くなった。わたしはもうここから離れたほうがいいと思っている。昔は水の上で暮らしていた。今では水は涸れてしまった。ここには海のような川が流れていた。口の中だけでなく、足や尻、腹の中の内臓もそれぞれの言葉を使っていた。言葉も元はといえば、崖を形成する道具でしかなかった。しかし今では建物はどんどん大きくなり、いつのまにか人間よりも巨大化し、人間が死のうが気にも留めなかった。

崖の向こうからやってくるのはいつも知らない言葉で、雲となんら変わらなかった。気づいたときには風で飛ばされ、空一面に広がった。いつも激しい変化にさらされていて、わたしは時々ただ空を見るという行為すらできなくなった。わたしはいろんな人間の声を聞いていた。人間なのかどうかすらわからなかった。名前も知らなかった。彼らは決して聞こえるような声で話さなかった。それなのにわたしには聞こえていた。聞こえているかぎり、わたしはここから離れないだろう。わたしは完全に間違った道を選んでいた。だからといって死ぬこともなかったが、生きているということをどうやって確認したらいいのか、誰か他の人間に聞いてみたこともなかった。

51

わたしが作っているのは時計だ。この時計台だってわたしが作った。すべてこのへんに転がっている瓦礫を使って作った。長い時間をかけて少しずつ作った。この空間はもともとあるものじゃない。計画されたものでもない。わたしはまだ若かった。若くて何もわからなかった。もともとは労働者としてここで働いていた。ところがすぐ仕事をやめてしまった。理由もなく。ある日、突然やめた。やめても家に戻ることはできない。一歩足を踏み入れたらもう戻ることはできなくなっていた。家も何もなくなっていた。

新しくやり方を見つけるしかなかった。もちろん簡単じゃなかった。食べることすらままならない状態で、わたしはまずこのへんの地理に詳しくなる必要があった。何も知らないままじゃ餓死するだけだ。死のうと思ったことはない。わたしにはある目的があった。ところがわたしには見えていなかった。体はとっくに気づいていて、時々暴れ出すこともあった。わたしの体は日増しに疲弊していった。それでもわたしはただ歩き、知らない場所へ向かった。新しい風景を見るのは、心が躍ると同時に恐ろしいことでもあった。わたしはまったく違うことをはじめようとした。

崩壊ですらわたしには自然な現象に思えた。しかし瓦礫を見るかぎり、この崩壊は決して天変地異ではなかった。明らかに何者かによって意図的に行われている。崩壊はいつも別のところで起き、同じところで連続して起きることはなかった。怠惰な管理部はそのことすら理解していなかった。労働者を崩壊とはまったく関係のない場所へ派遣しつづけた。労働者たちは必死に作業を行ったが、どれも無意味だった。

そもそもここで行われているあらゆる労働が無意味だった。だからわたしはやめた。すると突然、言葉を話せなくなり、頭の中で像を結べなくなってしまった。体は健康そのものなのに感覚を統合する力がなくなり、混乱状態に陥った。

これはわたしが作った言葉だ。言葉ですら一からつくりだす必要があった。この時計台は、わたしの言葉で作られている。実際は焼け野原となんら変わらなかった。ここにはもともと森があり、川が流れていた。地層を見たわけじゃない。わたしはただ語っているだけで実際に見たことはない。

一度だけこんなことがあった。わたしは夜、瓦礫を探すためにあてもなく歩いていた。歩けば歩いただけ地図が広がっていくので、わたしは毎日、書き足していった。ところが地図は雲みたいに書いた瞬間から変形した。わたしはそんな場所で生きている。この状況を受け入れるだけで数年が経った。毎日、自分のいる場所が変わった。目を覚ますと知らない場所にいた。そのうち眠ることすらできなくなった。それでもついうとうとしてしまう。次の瞬間にはもう変わっていた。

はじめは変化に気づけなかった。当たり前だ。立ち止まっているのに移動するなんてことを経験したことがないんだから。わたしはずっと一本道を歩いていると思っていた。間違わないように紙に地図を描いた。地図を見ながら慎重に歩いていた。ところがあるときまったく同じ風景を見た。それでわたしは一周したと思った。そんなわけがなかった。一周するどころか、わたしはただ道に迷っていた。

毎日一時間ほど周囲を歩いた。方角を決めて観察しているつもりだった。しかし、わたしは元いた場所すら今はわからなくなっている。ある地点から別のところへ行くという感覚はまったく役に立たなかった。まったく新しい歩き方が必要だった。方角なんてものもここには存在しない。自分で地図を発明しなくてはならなかった。わたしはとどまっているわけにはいかなかった。わたしはただ歩いた。気配そのものがわたしにとっての居場所となった。

わたしは空間と呼べるようなものと少しずつ遭遇しはじめた。影ができれば、そこに一つ記念碑を建てようとした。そこらへんにあるものを使って、積み重ねるだけの粗末な塔だ。傷みたいなもの。わたしは地面を自分の皮膚やごつごつとした手と変わらないものだと思いはじめた。塔はいくつも点在するようになった。塔と再会したときはさらに高く増築した。すべて瓦礫でつくった。瓦礫しかなかったからだ。生えている木を切り倒そうとは思わなかった。自分を守るための避難所をつくったわけではない。何も囲われていない場所を作ろうとした。それがわたしの場所であり、それをいつしか時計と呼ぶようになった。

52

崩壊、崩壊って言いながら、実はまだ何も起きていない。この目で見たことはなかった。アナウンスでは「今日は何人が負傷、何人が死んだ」と報道されていたが、書類も誰かが適当に書いたとしか思えなかった。現場に貼り出されているものなど誰も見ていなかった。最近では人間の気配さえなくなっていた。こんなに労働者が集まって毎日働いているっていうのに不気味だった。そろそろここでの仕事も終わりにしたかった。現場責任者は毎日送りつけられる図面を見てはあれこれ指示をしてきたが、いつも的外れだった。それでも仕事上がりの夕方は好きだった。仕事が終わると、労働者はどこかへ飲みに行った。ディオランドにいく者もいた。ディオランドから出てきた者は覇気のない顔をしていた。口からは魂のような白い息を吐き出していた。

ぬかるみを見ても、雨のことは考えなかった。雨は二、三日前に降った。今、何月何日なのかなどと聞く者はいなかった。誰も暦《こよみ》は気にしなかった。それでも書類にはいつもしっかりと日付が書いてあった。懐かしんだりすることはできなかった。新しい時間がいつはじまるのか、誰も気にしていなかった。

昔話に出てくる星や草原を思い浮かべるのはいつも寝る直前だった。労働者たちはそれを思い出と呼んだ。いつからかそんなこともわからなくなった。しかし、もう焦ることもなかった。どうせ忘れていても頭には浮かんできた。雨も定期的に降った。そのときに気づけばよかった。近くで若い労働者が「崩壊だ」と慌てて叫んでいた。

53

図面はすべて完成していたが、毎日変更が知らされた。労働者たちは直感に従い、変更された図面を次々と形にしていったが、そのときにはすでに設計部は新しいことを聞いており、さらに図面を描き直していた。新しくつくった柱の横に、ずいぶん長い時間が経過しているであろう遺跡のように古びた柱が並んでいたりする。ところどころレンガ壁も崩れ落ちていて、修復する必要があった。

新築を建てているはずだが現場には考古学者のような専門家らしき人間もいた。どこから派遣されているのかはわからない。相変わらず不可解なことばかりで、わたしは一つ一つ確認したかったたが、自分の仕事を果たすだけで精一杯だった。

わたしの仕事は、水平を測る仕事に変わっていた。水平器も自分でつくった。道具はちゃんと新品が支給されたが、どれも決まってすぐに壊れた。まずは道具にだまされないようにしないといけない。道具を信用して使っていると、あとで必ずやり直さなくてはならなかった。一体、誰の策略なのか。ところが多くの労働者は、働く仕事があるだけでありがたいと思っているようだ。だから暴動は起きなかった。

現場のいたるところで植物のようにへどろが溢れていた。それもまた収集している人間がいて、彼らはオイルキと呼ばれていた。オイルキにとって、へどろは木の実のように価値あるものだった。オイルキたちはA地区の住居ゾーンに集まって暮らしていた。

A地区はもう三十年前から建設が止まっていた。決定的な欠陥が見つかったことがその理由なのだが、それがなんなのかは詳しく聞いてもわたしにはさっぱりわからなかった。わたしはA地区の主要な建物にはすべて訪れていた。水平を測ったが、どこも異常はなかった。労働者たちがレンガをうまく積めるように、わたしは壁に墨で印をつけ下準備をした。わたしは慎重に仕事を進めた。ところが設計部はA地区の内装図面を破棄し、B地区の図面に夢中になっていた。今ではA地区のことを口にする労働者は一人もいなくなっていた。

もともとA地区は建設予定地の中で一番大きな街になる予定だったという。そのために地盤を掘り起こし、大量のコンクリートを埋めて固めていた。掘った土はA地区に面している海辺に捨てたという話も聞いた。わたしは海を見たことがなかった。敷地は山間にあり、砂浜もなければ、潮の香りなど一切漂ってこない。わたしはこの辺りの地理をまったく知らなかった。しかし、わたしはここで生まれているのだ。もちろんこの敷地のことしか知らない。わたしのような人間が増えていた。

オイルキたちは自分たちで独自の法律をつくり、通貨も生み出していた。どうすればそんなことができるのだろう。わたしにはさっぱりわからなかった。わたしはただ水平を測ることだけが仕事であり、おそらく永遠に終わらない。この建築群はわたしが死んだあともしばらくは完成しないだろう。もうすでに図面は完成しているというのに。

資料室に行くと、完成した図面を見ることができた。しかし、その図面も昨日と今日ではまったく変わっていた。変化の記録が残っているわけではなかった。常に古い図面は新しいものと取り替えられた。

わたしはまわりの人間たちに惑わされることなく、黙って描かれたものだけを見て、仕事を進めていった。図面が常に変更される運命にあることは頭の中に入れていた。さらには壁職人たちが実際に手を動かしつくりあげる際に生じる誤差や、彼らの指先の感覚も考慮に入れた。仕事自体は手を抜かず、細部まで徹底的に取り組んだ。

職人たちは休憩してばかりいた。コンクリートはすぐ乾いてしまうので、時間が経過しても問題がないように先回りして調整した。そういう細かい技術はすべて自分で仕事をしながら体で覚えていった。他の現場ではまったく役に立たない技術だった。

わたしに「他の現場」は存在しない。わたしはここで生まれ、仕事をして、死ぬ。何人もの労働者が現場で死んでいった。わたしは時々、彼らと目が合った。それでも驚きはしなかった。もともとここで起きていること自体がおかしなことばかりだったからだ。すべて慣れてしまっていた。わたしの日常になっていた。

今日はB地区へ行くことになっていた。B地区には建設中の集会所があり、わたしも携わって数年が経過していた。もう八年くらいになるのではないか。毎朝、新しい資材が運ばれてきた。夜になると、オイルキたちがトラックでやってきて、勝手に持ち帰っていたらしいがわたしは見たことがなかった。

そのため朝はまず、材料の再調達からはじまった。おかげでわたしの仕事も増えた。再調達の書類は面倒臭く、それを専門にやる人間までいた。書類を申請していないと、いつまでも発送されなかった。あらゆることが労働者の直感で判断されていたが、大事なときに書類申請を命じられてしまうために、さらに工事は遅れ、それだけでなくどこも常に混乱していた。

ところが次の日も滞ることなく、新しい働き手が運ばれてくる。従順な彼らはわたしが数えあげた盗難品を一つ一つ記録した。彼らは聞き漏らしがないように熱心にわたしの声に耳を傾けた。彼らは優しい顔をしていた。盗まれないように対策を練ることもせず、ただ「明日も来ますので、また教えてください！」と言った。

壁はいつまでたっても完成しなかった。次第にレンガは労働者たちが寝るための部屋をつくる材料になっていった。料理人があらわれ、レンガで作った竈で食事をつくりはじめた。わたしも時々食べさせてもらった。ギムという料理人がいて、彼がつくった料理はどれも美味しかった。ギムの料理を食べるために、頼まれもしないのに他の地区から手伝いにくる労働者までいた。そこで料理の技術を覚えた労働者は仕事をやめ、A地区で食堂を出しているそうだ。

54

一体、何をつくっているかなどと考えても仕方がない。そういうことを考える人間はいつのまにかいなくなっていた。それよりも大事なのは自分がいま取り掛かっている仕事が一体、どんな細部なのかということだった。わたしは花びらの形をした装飾を壁に取り付けていた。見たことのない花だった。まわりの労働者に聞いても誰も知らなかった。そこでわたしは想像することにした。想像はどこまでいってもわたしの勘違いにすぎない。しかし、それ以外に方法はなかった。花自体見たことがないのだから当然だった。花の種が飛んできて、どこかで咲いている。わたしは想像してみた。建物がどれくらいの大きさなのか、などという自分の頭の中でおさまらないことは考えないようにした。わたしはとにかく花をつくり続けた。紫色の花びらで、鳥のくちばしみたいに花弁の先が曲がっていた。

55

ディオランドにいったことがある？　それなら話は早い。あそこは労働者たちがつくった街なんだ。ところが材料なんてあるわけないし、どうやってつくったのか誰も知らない。労働者だって仕事をしている最中は頭の中の空間が広がってる。それが少しずつディオランドになってるってわけだ。もちろんこれもおれの想像にすぎんがね。

ここにはいくつかの地図が存在する。地図をつくることなんてすっかり忘れてしまったやつばかりだけどな。おれは今まで三枚くらい見たことがある。その中の一枚にディオランドを書き込んだやつがいた。それでディオランドが少しずつ形を持ちはじめたってわけだ。一体、何を言っているのかわからないだろ？　おれもわからないんだから当然だ。でもそれでいい。ディオランドは今も広がってる。だから、おかしなことなんか何もないんだ。お前だって、ここで働いている労働者の一人なんだから、ディオランドに入る許可証を持っているってことだ。

名前を思い出せたら、ディオランドに入ることができる。どうせ、すべては想像の世界だ。だからってそこに生きている人間たちがみな幻ってわけじゃない。そこで生きているやつはすべて本当に生きている。それがわかると面白くなるぞ。ここで働いていること自体だって、幻かもしれないと思えてくるから。そういう作用が必要で、そうでもないと気が狂ってしまう。疲れも癒えない。

どうすればいいかっていうと、ときどき、呼吸を逆さまにしたり、右と左を勘違いしてみるんだ。故意にそうやってみる。続けているといつのまにか、勘違いどころか自然とそんな体に変わる。右は左になる。息もしていないのに、平気な顔をして働けてしまう。途中で誰かがへまをしても、笑って済ませられるようになる。もちろん、そうなりたければってことだがな。

ディオランドは確かに労働者たちが長年かけて少しずつつくりあげた世界だが、あそこに深入りしたやつはこの現場から足を洗うことができなくなるから気をつけろ。お前だって、いつかはここから離れて故郷に戻ったり、ちゃんと金を受け取って自分の店でもはじめるつもりなんだろ？

おれはいつか道具屋をやるんだ。おれの店はへんてこで、おれが隠しもっている不思議な道具を売る。金持ちのやつらはそういう道具を欲しがるからな。役に立つものなんかじゃない。必要なのは見たこともない道具だ。この現場で使われている道具はみんなそういう道具なんだよ。自分の道具はちゃんと取っといたほうがいいぞ。ディオランドで暮らしているやつらはその道具を欲しがる。自分は家族の一員だからって、もらうのは当然だみたいな顔をして、気づくと手元からなくなっている。そういうことにならないようにな。ちゃんと道具は現場に置いていけ。労働者の気配はさせないことだ。ディオランドの中ではつねに放浪者のふりをしといたほうがいい。もちろん、いつでも誰とでも家族になれる。あそこはそういう場所だからな。足を踏み入れたときにはそんな感覚すら忘れてしまってるけどね。

ディオランドは作られた故郷だ。記憶だってすっかり忘れていても、勝手に誰かの記憶が体に染み込んでしまってる。だから本物の家族のところに戻ってきたと思い込むんだ。そりゃ匂いだってあるし、愛情もある。毎回顔も変わるってのに、再会すればすぐに愛情が湧いて、彼らのためにとにかく働こうと思っちまう。

もちろんディオランドにいるかぎりは、お前の体だってみるみるうちに力を取り戻すだろう。料理だってなんでも食べることができる。お前さんが想像するかぎり。つまり目に映ってるディオランドはそれぞれに違ってる。比較するために、おれは自分に見えたディオランドをどうにか記録に残そうとしてる。しかしこれがなかなか難しい。

誰の仕業でもないから厄介なんだ。これが労働者たちを管理するためのシステムってことなら理解できる。人間がつくったものならどこかに隙があるからな。仕組みがあるし、故障もするし、それを修理するやつが必ずいるはずだ。ところが、ディオランドはそうじゃない。誰かが仕組んだわけじゃない。言ってみれば自然に発生した町だ。都市計画なんてものは一切存在しない。労働者たちが夢の中で勝手にこしらえたんだ。何十年もかけて。ひょっとすると、何百年も経っているのかもしれない。おれもこの現場が何年前にはじまったのかは知らない。とんでもないことだ。ところが誰も疑問にすら感じない。

ディオランドのことは知り合いに教えてもらった。そいつが道を教えてくれて、おれは一人で近づいた。02通りをまっすぐいくと四つ角がある。舗装した道は歩くなよ。あれは道だが、しっかりと足の裏を確認されてるから気をつけろ。もちろんこれも誰かが監視しているわけじゃない。だが自分で監視しているのかもしれない。

お前がディオランドのことを知っていたのは驚いた。あそこは人と話をする場所じゃない。自分を確認するためだけの世界で、そんな世界があるなんてことを、複数の人間が話し合うべきじゃない。ディオランドがあることはみんな知っている。夜な夜な通っているやつもいるし、だからこそ、現場には宿舎がないんだ。道端で寝ているやつらだって、実はディオランドにはふかふかしたベッドを持ってる。居間には結婚式の写真まで飾ってあったりする。もちろん、これはおれが見たディオランドだ。お前の目にはまた別の世界が広がっているんだろう。

56

お前は聞くことが仕事ってことか。そんなやつ聞いたことがないが、ここじゃどんなやつでも自分の働き方は自分で決めるんだから、それでいい。おれはルキって呼ばれてる。名前を思い出すやつは珍しいからね。お前も思い出したんだろ？　それだけでたいしたことなんだよ。おかげで自分の故郷までの帰り道がわかるかもしれないんだからな。ルキって名前はおれがつけたわけじゃない。そうやって呼ばれていたやつが昔いて、ある日突然いなくなった。おれはずいぶん探した。顔が似ていると言われてはいたが、まったくの別人だ。それでもおれは何かひっかかるところがあった。自分が小さいときに仲がよかったやつらの口元を思い出したりしたからな。それでおれはルキによく話を聞かせてもらってた。そうだ、いまのお前みたいにな。

だから崩壊についても、結局はそいつがしゃべっていたことを話すだけだ。おれが考えたわけじゃない。おれはルキを探しているうちに、いつのまにかルキって呼ばれるようになっていた。ルキがどんな意味なのかは知らない。ルキのことを慕ってた労働者たちまでいた。そいつらはみんな同じ地域からきていたみたいだ。みんなすべてを忘れてしまっていたがね。お前だってそうなんだろ？　崩壊のことを調べる前に、まずはお前の名前を調べたほうがいいぞ。

名前を収集している登録課ってところがある。だだっ広い倉庫みたいな場所だ。B地区内に地下駐車場がある。地下駐車場には02通りから入れるようになっていて、そこに車を停めると、地下にある遊歩道を歩けるようになっている。とはいってもおれらは誰も車なんか持っていないから関係ないが。地下駐車場の一角に登録課がある。まずはそこへ行ってみたほうがいい。そこにお前の名前だって記載されてるはずだ。

たとえ忘れたとしても、それぞれの名前はちゃんと残っている。消えたわけじゃないんだ。崩壊が起きても名前はいつまでも残っている。別の問題なんだ。ルキはおれに向かってこう言っていた。

「われわれは崩壊が起きるように建設している。崩壊は完成に向かっているという合図なんだ。崩壊しているようで、実のところは構築されている。アリの巣みたいにな」

よくわからない？　そりゃそうだ。おれにもさっぱりわからん。崩壊のことなら、もっと話がわかるやつがいる。ディオランドへ行く途中にある酒場にバルトレンという道化師がいただろ？　あいつは何十年もこの辺で暮らしてる。いつもぼうっとしているように見えるが、実はずっと研究しているんだ。バルトレンは崩壊のことを調べるというよりも、あいつは気配を感じ取って、数値に置き換えたりしているらしい。

結局、お前は自分では先に進んでいるって思ってるかもしれないが、実は元に戻ってる。その経験はおれにもあるからよくわかる。おれがルキだってことに気づいたときに、ルキは姿を消した。それ以来、おれはルキを探すことをやめた。そういうもんだ。

57

すべて瓦礫だったとしても、何かをつくりあげることはできる。つくることをやめたらすべておしまいだ。いつまでも諦めないでやること。そうやって石を積み上げ続けているやつがいるのを知っているか？　Ｆ域の中にいるって話だ。おれは見たことがない。おれはな、自分の中から湧き上がってきているものを、ただずっと集めているだけだ。本当にただ集めているだけで、選別もなにもしない。瓦礫はそれが何かの欠片《かけら》だろうが一つの惑星みたいに見えた。崩壊したあとの瓦礫は元の形を想像することすらできない。おれがやっているのは瓦礫をただ見続けること。おれは自分のことを人に話したことがない。ところが、お前は話を聞いた。そんなやつは珍しい。みんな自分のことばかりだ。寝るために、あいつらはなにをつくった？

58

命令にそむくわけにはいかなかった。言われた通りにやるだけだった。設計といってもわたしが担当しているのは、結局のところ鉄筋を何本にするとか、外壁の素材をどうするかってことだけだった。建築がどのようにして作られるかを実験している部署はまた別のところにあった。そこで働いている設計士と会ったことすらなかった。右端にサインされた名前を見て、存在を感じてはいたが、顔は知らなかった。それでも何の問題もなかった。

ここでは自分の創造力などまったく必要なかった。創造力よりも忘却することのほうが重要だった。振り返らないことだけが必要な技術だった。すぐ人間は振り返ってしまう。そんなことをしていたら、いつまでたっても図面を描きあげることができない。

崩壊が起きているのは知っていた。崩壊の情報は嫌でも入ってきた。崩壊のことは図面に反映させなかった。崩壊は労働者たちが担当することになっていたからだ。それよりも建物を図面上だけでも完成させることが求められていた。それがわたしの仕事だった。設計が永遠に終わらないことを気にしたこともなかった。気にしていたら気が狂ってしまう。それで仕事が進まなくなってしまったらそれこそ問題になる。

雑念に振り回されないようにする技術は訓練所でかなり鍛えられた。どうするかというと、耳を変形させた。外科手術をするわけじゃない。頭がおかしくなって、医務局へいった設計士を何人も見た。わたしは無事だった。設計部には図太い神経の人間たちが集まっていた。

ここの地盤は常に動いていた。巨大な生き物の上に建てていると考えたほうがよかった。よくその上に乗って生きている自分を想像した。わたしは変な世界で暮らしていた。そこでわたしは穏やかに日常生活を送るための方法を身につけた。仕事場へ行く途中に生き物を見てもすぐに目をつむり、新しい仕事に励んだ。生き物の大きな影は太陽を覆い、突然、夜に変えたりした。それでも問題なく、机に向かうことができるようになった。仕事はいくらでもあった。机の上に置いてあるボタンを押せば、次の図面が送られてきた。

仕事中は会話が禁止されていた。頭の中で起きていることを口にしてはならないという決まりがあった。昔、事件が起きたために禁止されたと聞いた。それ以来、崩壊がはじまったという噂まである。それなのに、わたしは今、誰かに話そうとしている。わたし自身を縛っていたものが故障しているのかもしれない。時折、頭の中で時計に似た音が鳴っていた。わたしはそれがいつから聞こえるようになったのか当然ながら思い出すことができなかった。

59

F域ではまったく別の言葉が使われていて、ほとんどの人間にとっては風の音にしか聞こえない。F域に暮らす人間たちは絶滅寸前の人種であり、わたしたちとは根本から違う。彼らはF域に逃げ込んできた。わたしは彼らの保護を行っている。このままこの建設が続けば、確実に材料確保のためにF域の植林や土壌が使われることになるだろう。彼らはそれらすべてを海だとみなしていて、そこで食べ物を捕獲している。ときには溺れ死にすることもあるようだ。彼らは独自に船を持っている。もちろん、それはわたしたちが知っている船とはずいぶん形が違っていた。彼らは船に乗り、毎日狩りをして暮らしている。彼らに建物をつくる文化はない。彼らがつくるのは船だけだ。船が彼らの足であり、避難所であった。船はわたしたちの住居よりも複雑な役割を持っている。船は彼らにとっては言語でもあり家でもある。それらはわけて考えることができない。

60

「仕事に対する自覚は？」

「わたしはいま、この仕事に従事していると自覚してます」

「その仕事の内容は？」

「わたしは確かに感じてます。全体で理解しています。しかし、内容を言葉で説明することができなくなってます。そうであればあるほど、わたしの仕事はさらに複雑に豊かになっていると自覚してます」

「なぜ医務局に戻ってきたの？」

「報告のためです。わたしは感じたことを、さらに進めました。地理的調査と同時に、そこで暮らす人々の頭の中で起きていることも記録に残しました。それは思考回路とは幾分異なるものでした。彼らは手足を動かすのと同じように頭の中で見つけた風景のことを写真に写したり、そのための機械をつくりだしたりしています。その行為のもとになるもの、その力そのものの研究を行うために、わたしは毎日、歩き続けました。しかし、一歩も外に出ていないような気もしています。足は一切汚れてません。むしろ、体はだるく、外の空気を吸った実感がまるでないのです」

「あなたの名前は？」

「サルト。名前は自ら思い出しました。しかし、以前にもサルトと名乗る人間がいたことがわかってます。B地区内にある登録課で判明しました。登録課のことを教えてくれたのはルキという男です。ルキも以前、ルキと名乗るものと遭遇した経験があり、そのことを解明する調査をはじめたようです。わたしはサルトという名前が、ある動物から発生したのではないかと考えてます。しかもこのことが現在、A地区の工事が遅れている原因と関連がありそうなのです。しかし、これはわたしの想像である可能性は否定できません」

「ディオランドの所在地は？」

「まだ確認できていません。ディオランドは実体をもつ空間ではない可能性があります。しかし、わたしの経験をもとに、具体的に再現することができるのかどうかを設計部に問い合わせ中です」

61

まずはわたしの状況を把握しなくてはならない。わたしは命令に従って動いているのだろうか。わたしは迷うことなく仕事に従事していた。定期検診後、時間は停止しているように感じられる。わたしはまったく別の思考回路で地面の上を歩いていた。わたしはまだ崩壊していない。崩壊は別のところで起きていた。体はまったく見覚えのない動きをしていた。これを書いていることが忘れないようにするための行為なのか、命令された調査なのかがわからなくなっていた。確かにわたしが書いている。しかし、わたしは複数に分裂していた。別の言語で考えているのではないか。そんな気もした。書いている内容を完全に把握している自分もいた。体の力を抜くと、誰かが乗っ取ったように自動的に手が動きはじめた。手は何か書いている。これはわたしではない者によるメモだ。医務局に提出できるような代物ではなかった。しかし本来、提出すべきなのはこういった類のメモではないのか。わたしではない者が侵入している証拠になっているはずだ。わたしの体は侵入経路がわかる生きる資料となっていた。

昨日、わたしは道具屋を見つけた。そこでしばらく時間をすごし、道具をいくつか手に取った。わたしは道具屋の主人と話をした。誰かになりきって偵察をしていたわけではない。わたしは労働者であり、今もまだ労働を続けているだけだ。

労働者の中には他の人間たちとは違う周波数を持っている人間がいた。彼らは言葉を使わず、手のひらを差し出し、触れもせず、意思を伝えることができた。暗号と化した歌をうたうことで、情報を交換していた。しかし、どれもわたしの妄想である可能性が高い。

このメモはクルーの『journal』やウンノからもらった『ヌジャの眠り』に近いのかもしれない。少しずつわたしが戻ってきた。分裂したそれぞれの体が一つになろうとしていた。

ロンとはずいぶん会っていなかった。前回はいつ会ったのか思い出すこともできなかった。眠ったのはいつのことだったのか。一日がどのようにして終わっていくのかすら、わたしにはわからなくなっていた。

62

ここに何か建てられると思い込んでいるのは大きな間違いだった。彼らの目を見ればわかる。彼らが生き物なのかすらわからなかった。彼らの手足はクモみたいに動いていた。彼らは浮かんでいる雲にも手が届いた。彼らはすべてを振動させることができた。声が聞こえた途端に、地面も揺れた。しかし、言葉はいつまでたっても届かなかった。これはわたしの体から生まれているわけではないことをしっかりと理解しておいたほうがよかった。わたしの体は、いまいくつかに分裂しようとしていた。鳥はただ見ているだけだった。鳥の目玉を通過し、離れたところからそれぞれ光線を放ち、像を結びつけた。もともと存在しているのかすら確かではないのに、浮かび上がった像はまっすぐ地面の上を歩き出した。土はそれまで固まっていたことを忘れ、振動し、小石と砂にわかれ、根っこはそこらじゅうに水を吐き出した。虫や小動物は突然、日の光を思い出し、穴という穴は輪っかとなって、空中で煙となった。地面と空の境目が水面のように変色し、立ち並ぶ木は長い間そこにいたのではなく、それは仮の姿で、樹皮はわたしの皮膚のことを呼んだり、皮膚の一部が急激に硬化したり、鳥はくちばしで巣穴をあけようとわたしの胸元を延々と突いていた。

63

細部を極限まで現実に近づけようとすればするほど工事は停滞した。彼らは馬に乗ったままこちらを見ていた。何かと交換でもしようかと待っているのかもしれない。わたしはときどき彼らのほうを見ながらも作業を続けていた。視界はまばたきするたびに変化していった。その都度、わたしは汗をかいた。

わたしは目の前にいる男の話を聞いていた。彼はもう何時間も話し続けていた。男は歩いてきた道のりについて話した。馬に乗ってここまでやってきたという。彼だけでなく、彼と血のつながりのある者たちも口を動かしていた。中にはもうすでにここにはいない者もいた。彼らが見た風景は無数の経験と結合し、絵巻物のような時間の中に映し出されていた。

彼らが口を動かせば、わたしも同じように口を動かした。そうやってどうにかして彼らが体感した風景を形あるものとして見ようと試みた。その試みはうまくいった。しかし、書き記す行為とは相反していたので、後で読み返すことはできなかった。それでもわたしはこの不安定な状態のまま視界を保つことを心がけた。

彼らはこう言った。

「これはわたしの言葉ではなく、文字に変換させているのは彼らであり、わたしはそのための体でしかない。彼らにとって体は建造物を意味している。彼らは自らをラミューと呼んだ。人の名前でも部族の名前でも血族の苗字でもない。土地の名前というわけでもない。ラミューとは彼らが動く地域全体のことを指す。ラミューとは彼らが動くことそのものを指し、馬と、またがっている人間の二つの頭が見ている想像の世界のことだ。彼らはいつもゆっくりと丸一日かけて休息を取り、変貌し続ける風景に従って、雨つぶのような空間をおびき寄せていた。これはまじないでもなんでもない。彼らにとっては自然そのものの姿であった。わたしが今いるB地区には建設が計画されていない敷地がある。そこはラミューたちとの諍《いさか》いが起きている場所だ。わたしは仲介役として、彼らの言語を話せる労働者を探そうとしたが見つからなかった。わたしはA地区の住居ゾーンにいる、身寄りもなく一人でずっとタバコを吸い続けていた老女とのちに出会った。皺《しわ》が目立ち、年齢よりも老けて見えた。ところが目だけは輝いていて、わたしがラミューのことを口にした途端、彼女はほとんど言語化不能なラミューたちの認識の方法について、突然語り出した」

64

ラミューはわたしたちの元の姿。あなたもそう。あなたもラミューだった。わたしたちはもう元に戻ることはできない。わたしたちはもう知らない世界に入り込んでしまった。だから、こうやって再建するしかないのよ。あなたもそう。わたしもそう。でもわたしにはラミューがまだ残っているのかもしれない。ラミューは体とは別だから。体はもうラミューを忘れてしまってるわ。でもわたしにはまだラミューが残っている。それは言葉なのかしら。体から離れて言葉はどこかにある。わたしは場所を教えることができない。知らないわけじゃないの。いまもここにあるし、それをあなたにどうやって伝えたらいいのか考えてるのよ。あなたは探している。だからなんでも手助けしたいと思ってるわ。これはあなたの仕事にとっても重要なことだから。

わたしはここで暮らしている。いつからきたのか。その日をしっかりと覚えてる。覚えているけど、それを言葉にするのが難しくて、いつか試してみたいと思っていたのよ。やってみるわ。まずわたしは、あなたとわたしの間にあるものに触れることができる。形はないわ。触れることはできるけど、触れたことには気づけない。

いま、あなたは自分の見ているもの、聞いているものがおかしくなっているように感じるかもしれない。でも、それでいいの。それでないと見えないから。怖いわね。わたしも同じように怖い。安心を見つけようとしないこと。それが重要なの。ラミューたちは地面のことを床や髪の毛だと思ってる。彼らにとって体は、感覚の一つとしてしか映っていないの。意味はわかるわよね。それがわからない人がわたしに話しかけるはずがない。

わたしはここでずっと見てた。建設がはじまってからずっと。だから、もう何百歳ってなるんだろうね。数えることはやめたし、いつでも勝手にわたしは何か考えているだけ。ラミューたちと対話し続けているといってもいいかもしれない。わたしが感じているのはラミューたちがまだこのへんに生きているってこと。この現場にだっているわ。A地区の工事が止まっているのもラミューたちがいるからよ。おかげでわたしは住む場所が見つかったんだから、感謝しないとね。

ここで起きていることは二つあるわ。一つは何か切り落とそうとしてもラミューは目に見えるものじゃないから不可能だってこと。もう一つはここで作業をしている労働者たちに、さらに二つの現象が起きていて、その一つがまさにラミューたちの手によって起きているかもしれないってこと。詳しく伝えるにはもうすこし時間が必要だけど、あなたはもうすぐここを出発することになってる。時間さえあれば、いつまでもわたしはラミューについて話をしたい。それがわたしの仕事だし、永遠に終わらない仕事だからね。

65

地平線はまっすぐだったが、それもどこか歪んで見えた。木が一本も無いせいか、雲は黒々としていた。風が吹いていないのに、雲は渦を巻いていた。木の幹の気配だけがところどころぬかるみにできた水たまりに映っていた。

ここにはもともと森があったのかもしれない。反射した太陽光だけが目の前に広がっていた。

石を積んだ建物が一軒建っていた。おそらく誰かが一人で建てたものだろう。男が一人、建物の陰に隠れていた。男がここにやってきたのはずいぶん昔のことだ。石をどこから運んできたのか、男は口を閉ざしている。男は車輪のついた木箱を押していた。木箱の中には荒削りの石が積まれていた。男は連絡係の仕事をしていた。男は仕事のついでに、石を拾っては、建て続けた。連絡係は建設現場間を歩いて移動した。男は健脚だった。どこまでも歩き続けることができた。A地区内だけでも歩けば最低一日はかかるのだが、男が休息しているところを見た者は一人もいなかった。

66

わたしがいる場所はF域と呼ばれているが、それは違う。崖の向こう側の人間たちがそう呼んでいるだけだ。わたしはジンラと呼んでいた。わたしはここで生まれた。もう家族はいない。わたしは茂みの奥にある石の建物の中に住んでいる。誰かがずいぶん昔につくったらしい。柱に刻まれた文字を読むことが日課だった。

柱の文字には一人の男が出てくる。男はただこの建物をつくった。計画も何もなかった。石を切り刻んだこともない。ただ小石から巨石までそこらじゅうに転がっている石を片っ端から集めて、ただ積み重ねてあるだけだった。

他に住むところがなかった。だからわたしは生まれてからずっとここに住んでいる。息をすれば石が動いた。床の下にはいろんな微生物がいた。わたしは石が呼吸していることを、床の下の微生物が生きていることと同じことだと感じている。実際に目で見たわけではないが、雨が降るだけで、そこらへんにたくさんの人影を見た。ここにはまだ木が鬱蒼と生えていて、建物は隠れてしまっていた。根っこは伸びきって、それが屋根や寝椅子になった。人間よりもずいぶん前に、ここで生きている生き物たちが暮らしはじめた。人間はわたし以外いなかったが、ここも都市だといってもいいのかもしれない。地面だってここに住んでいるんだ。石は積み上げるだけでなく、地中深くに埋めたりもした。そこでまた新しい生き物と会っては彼らの寝床と要塞を作り続けていた。

67

わたしの目は動いているものをすべて確認できるだけではなく、まだ生まれてきていないものや誰も見たことがないものを観察することもできた。次々と頭の中に入ってきた。形になる前の移り変わっていくそのものを感じることができた。だからといって、それで何かがわかるわけではなかった。わたしは観察しているだけで、監視しているわけではない。それが仕事だった。これは命令ではなかった。わたしが生まれる前から決まっていたことだ。わたしにはまだ知らないことがあった。どれだけ調べても無駄だった。わたしはいま話している。口を動かしている。これは声であると同時にもう一つの場所でもある。わたしはそう考えている。ここにはいろんな見方があった。人それぞれに方法を見つけては、勝手に生きていた。誰にもわからないことだってあった。当たり前のことだ。仕事はどうしてもやらなきゃいけないってことでもない。わたしがやらなくてもきっと誰かがやるのだ。

68

わたしは自分が何をはじめたのか、いまだによくわかっていない。わたしは動き回りながら、人々の話に耳を傾け続けた。直接話を聞くこともあれば、通りすがりの立ち話や噂を記録に取ったりもした。それらすべての声をわたしは同じ耳で聞くことにした。ある人はうわごとのように口を動かしていた。ある人は「見たことだけしか話せない」と言った。

それぞれこの現場に対する見方は違っていた。中にはここを建設現場であると思っていない者までいた。敷地の呼び名はそれぞれ違っていた。相変わらず地図は見当たらなかった。敷地は決して複雑ではなかったが、同じ名前を耳にしても人によって場所が違っていた。記憶が現在の風景に入り込んでいるわけでもなかった。

誰も時計を持っていなかった。それで誰かが混乱しているわけでもなかった。

時計をつくっているという男にも会った。わたしはパンの時計を思い出した。あれは本物なのだろうか。人工的な地層にしか見えなかった。しかし、それは時計というよりも瓦礫を積み上げたぎていくだけだった。時計のことは誰一人気にしなかった。無関心なまま通りすの行動が自分の意志によるものなのかわからなくなっていた。いつのまにか人通りも絶えてしまった。わたしは声を集め続けたが、こに歩き続けた。時にはガルに乗ったり、バスや電車を利用したりした。混乱していたが、わたしはさら地は拡張していった。わたしはそう感じていたが、他の労働者たちは「そんなはずはない」と言った。調べれば調べるほど敷

69

町の貼り紙を見た。家族からは働けと言われていたが仕事はまったくなかった。わたしはまだ幼かった。それでも仕事をするように言われたし、自分でもそうすべきだと思ったんだろう。まだ町には高い建物は一つもなくて、わたしは自分の家の屋根につくった物干し場からいつも

遠くを見ては、あれこれ空想したりしていた。

夕暮れ前に空が一気に青くなり山の稜線がくっきり見えるとき、いつも同じところに星が一つ見えた。「星は隣町にある」と言う人がいて、隣町がどこにあるのか知らないわたしも行ってみたいと思っていた。家は辺鄙な場所にあった。学校はなかったが、市場は栄えていて、遠くからたくさんの商人たちが集まっていた。

彼らはただの商人には見えなかった。彼らは複数の言語を話すことができた。彼らの言葉は歌のようで、わたしは意味はわからないのに気づくと踊っていた。もともと家にいても、家族は他人にしか思えず、生まれた場所はここじゃないと感じていた。今じゃ親の顔さえ思い出せない。家を出ようと決めたとき、わたしはひとりの商人と出会った。彼はわたしにリンゴを一つくれた。彼は「いつかまた会えるから」と言った。わたしはその日に家を出た。

あれ以来、家には戻っていない。戻り方を忘れてしまった。貼り紙を破って、手にもって歩いていただけだった。それなのに、いつのまにかここで働きはじめていた。どういう道のりでここまでやってきたのか、ゆっくり考えたい。それが本音《ほんね》だった。ところが、そんな時間はなかった。別に忙しいわけでもなかった。自分がやれることをやるだけだった。わたしには家族だっている。もちろん、顔は見たことがない。みんな同じだ。新しい故郷には帰りを待ってる家族がいる。子どもだっている。

わたしはC地区で働いていた。最近ではB地区の仕事も任されるようになった。ずっと同じ現場で働いていたが、外の世界も見るようになってきた。他の労働者たちは次々と違う現場へ移り変わっていったが、わたしはずっと同じ現場のままだった。会社が違うのかもしれない。そもそもわたしは自分が勤めている会社のことをよく知らなかった。貼り紙には現地集合とだけ書いてあった。貼り紙はまだ持っている。

わたしは自分の足でここへやってきたことを時々忘れそうになる。あのとき出会った商人の顔も。わたしは思い出すために貼り紙を取り出した。西暦は書いてなかった。自分で何か印でもつけておいたらよかった。今では一日が経ったことすらわからなくなっていた。時計台を見ても、見方がわからなかった。労働者たちは勘だけに頼っていて、おかげで誰とも再会できなかった。だからといって、同じ場所でずっと待ってるわけにもいかなかった。わたしにはそういう余暇がなかった。働いてばかりいた。

歌おうとしたが、声が出なくなっていた。頭や腹の中で鳴るだけだった。それでもここにやってきたばかりの頃の風景は今でも頭にこびりついている。いつか写真家に撮ってもらいたい。写真館がA地区にあると聞いたことがある。

わたしが初めてやってきたときには名前なんかついてなかった。山を越えたら、いくつか丘があって、そこにはまだ野生の動物だっていた。あのころは一つのテントにみんなが集まっていた。労働者は三十人もいなかった。まだなにもはじまっていなかった。それなのに、現場責任者は何代目だとか言っていた。白髪の長老みたいな男で、彼は目をつむったまま、これまで起きたこと、これから起こることなんかを口にした。わたしは彼の言葉を聞くと、いろいろと思いついた。「ここを掘れば何かがある」「ここと向こうを紐で結んでみるべきだ」などと思いついては試してみた。建物は一つもなかった。

今では誰もそんなことを想像できないだろう。ここは町なんかじゃなかった。ここはただの雑草が生えた草原だった。ただの砂漠だったかもしれない。わたしの記憶がおかしくなっているのだろう。労働者たちは誰も気が狂ったりしていない。暴動一つ起らない。わたしだって病気一つしないから、医務局にすら行ったことがない。定期検診のことも聞いたことがない。何か体の調子でも悪いのか？

70

ここには二つの部署がある。一つは物事を整理しながら設計施工を行う手順部。どうもこの現場では何度確認しても、必ず間違いが起きる。誤差くらいならまだいいが、柱の数や、階数、天井高や窓枠、それこそ釘の大きさまで、図面上に記されていることと実際につくりあげたものはいつも食い違ってしまう。それを管理しなくちゃならない。それが手順部の仕事で、まず彼らは現場にやってくると、工事の問題点をそれぞれ一つだけチェックしていく。そのため、一つの現場で手順部の人間が数十人いることもあった。次第に手順部は工事中の現場内に出張所を作るようになった。おかげで誰が工事を担当する労働者なのか、誰が手順部の人間なのかわからなくなり、現場はたびたび混乱した。

手順部のやつらは何食わぬ顔で調査を続けた。訓練されているんだろう。機械みたいな顔をしている。彼らは大きな辞書みたいなものを持っていて、そこに書かれていることだけを信じて疑わなかった。そもそも現場はいろんな誤差が起きるところだ。それを踏まえて建設を続けるってのが職人の技術の見せ所なんだ。ところが、いまでは職人の技術を持っているやつなんかほとんどいない。どこも働き手がいないからって、トラックに放り込まれた素人ばかりが送り込まれてくる。そいつらはすぐに頭がおかしくなってしまう。医務局がすぐに満杯になるから、現場よりも医務局を新しく作らなくちゃならない。どうなってるんだ。

お前もその一員なんだろ？　働けなくてもここでは仕事として成り立つから不思議なもんだ。一体、誰がここで満足して生きてるっていうんだ。みんな無知で、知ろうともしない。それなのに言うことも聞かず勝手に働くんだから、そりゃ、見たこともない建物ができあがるだろうよ。

もう一つの部署についても話をしなくちゃならない。手順部ならまだ理解ができる。ところがこっちはもう話にならないんだ。管理部って呼ばれてる。名前だけはしっかりしているように見えるが、彼らは混沌を担当していると言い張っている。管理部のやつらはとにかく誰もが混乱してる。混乱していないと入ることができないらしい。お前も管理部の人間じゃないだろうな？

管理部のやつらは大抵社屋の中にいる。社屋といっても、それは地下にあって、地下には、13棟から侵入できるようになってる。簡単には入れない。迷路みたいになっている。なぜそんなことをしなくちゃいけないのか、意味がわからないだろう？　おれにもさっぱりだ。図面でわからないところをそいつらに聞かなくちゃいけないのに、まずそいつらに遭遇することすらできない。何人か怖いもの知らずのやつらが13棟から地下に潜ろうとしていなくなった。もちろん、入り口はあって、看板だってある。金属製の立派な看板だ。ところが玄関の自動ドアを開けることすらできない。入口のパスワードを解明するために、もう一つ別の部署が作られたくらいだ。馬鹿らしくてそのうち誰も相手にしなくなった。

管理部が信条としていることは混沌そのもので、そのアルゴリズムが入っていないと、この建物自体が機能しないと信じこんでる。そんなわけはないはずだ。建物ってのは、地盤がしっかりして、柱もちゃんとまっすぐ立ってないと、ぐらぐら揺れる。そんなことは積み木で遊ぶ子どもでもすぐに理解できることなのに、ここでは人間たちはどんどん退化しているようにすら思えるよ。

管理部で訓練を受けたやつが時々、現場に入ってくるときもある。そいつらが担当した場所だけ、見えたり見えなかったりする。知らぬ間に階数が変わっていたり、階段もないのに上に登ることができたりする。広さまでいつのまにか変化している。瞳孔の動きと連動させてるとかなんとか言ってたやつもいた。太陽光とも連動しているんだとか。言っていることが一貫しない。

二つ部署をつくったのは間違いだと思うが、その間違いは現場にいる全員が気付いている。ところがそれを解決する方法がない。なぜなら、気付いた途端に、重大な欠陥が見つかったと朝礼で発言するやつがあらわれ、職人たちがちゃんと作った壁だって、すぐに重機が侵入してきて、数分で木っ端微塵《こっぱみじん》にしてしまう。その後はわけのわからないやつらがやってきて、瓦礫をすべて収集して帰っていく。あいつらはただの浮浪者なのか、管理部の回し者なのか。一体、この現場にはいくつの会社があるのかすらわからない。全体を見ているやつはいるのかね。

こんな建物、図面だけを見てりゃ、数年もすれば完成してるはずだ。もうどれくらい経ったと思う？　ここで生まれ、ここで死んでいったやつまでいるくらいだ。そいつらにとってここは仕事場じゃなくて、生きるための場所、それこそ惑星の一つになってしまっている。もっと外の世界を見ればいいのにと思うが、正直なところ、おれだって、なんにも知らないんだ。

71

わしがいつ生まれたのかを話す前に伝えたいことは、ここには何もかもが豊かに揃っていたということだ。もちろん、いまでも見ればわかる。枯れた草花だって、それは死んじゃいない。わしはいつも仕事帰りに、枯れた草花、錆びた鉄屑、タイヤの破片、もうなんでもいいんだ、それこそ手に入るものならなんでも拾い集めた。わしは住むところがなかったから、自分の頭の中で家をつくりあげようとした。与えられた土地なんてものはなかった。それでも建物と建物の隙間を見つけては、それぞれに印をつけておいた。他の労働者と混じることもあったが、見えない壁だから喧嘩することもなかった。

わしは大きな倉庫をつくった。倉庫は見えないのに、人には感じるものがあったからか、いつのまにかみんなの寄り場となっていた。そこにはいろんな人間がやってきた。ただわしが拾ってきたものが転がっているだけだったが、忘れていたことが戻ってくると言っては、風呂にでも入るようにみんなここにやってきた。そのうち、わしはこれが仕事になっていった。

はじめは誰もが労働者として、選ぶ権利もなく、現場へ連れて行かされ、技術も覚えていないのに、壁作りや階段の型枠を作ったり、土堀りなどをやらされた。弱音を吐いたって、他の現場に行けるわけじゃなかった。だから気が楽になることをそれぞれに見つけなくてはいけない。労働は楽じゃないし、決して楽しいものでもなかった。大抵が退屈で、つまらなかった。でも、それだけじゃ頭がおかしくなる。終わらない仕事なんだしな。そこでいろんなやつらが自分の楽しみを見つけたってわけだ。

ところが、気が晴れるものなんてほとんど何もなかった。マムのところにいって、ゲームにはまりこむことだってできたが、あれは結局のところマムの楽しみだからね。いつまでも演技者でいることはできるがね。その分、余計に記憶はなくなっていく。やり方はそれぞれ自分で見つける必要があった。それがこの現場の醍醐《だいごみ》味とも言える。わしはそう考えている。もちろん、これはわしの考えで、わしはもうここにはいない。わしはもうやめたんだ。ところが倉庫はいまも健在で、わしがいなくなろうが関係なかった。

倉庫といっても壁も屋根もない。入口すらなく、鍵もかかってない。入ろうと思うから開かなくなる。そんなこと考えなければいい。ここが場所なのかすらわからん。考えなければ中に入ることができる。入ったという感覚は感じることができるはずだ。だからお前だっているわけだしな。わしの体はとっくの昔に腐ってしまってる。でも、現に今、わしの口があるとすれば、それはわしの仕業ではなく、わしがやってきたこと、歩いてきたこと、拾い集めた時の脳みそなんかが合わさって、一つの像をつくりあげているってことだ。この声だってそうかもしれん。わしにも聞こえているから、これは空耳《そらみみ》ではない。

しばらく休憩でもするがいい。どうせ、お前はまた仕事に戻るんだ。わしとは違う。わしは自分の場所を見つけて、ここから離れることはない。それがわしの体と別れることだとは思わんかった。枯れた草花が教えてくれた。わしはここにはなんの縁もなく、ただ連行されてきただけだった。もうずいぶん昔の話だ。お前がまだ生まれる前だ。それでもここで働くことはやめたことがなかった。戻ろうと思うこともなかった。ここがわしの場所だからだ。現場はいつも、そういう予感を秘めている。お前も帰り道、何か目に入ったものがあれば手にとってみることだ。ここには、まだいくつも生命が満ち溢れているよ。そのことを知るだけでも、時間と遭遇しているようなもんだ。

72

建設はA地区からはじまった。工事に入る前に行った儀式のような形跡がまだ残っている。大きな木の柱が一本地面にささっており、ほとんど朽ちてしまっていて、樹皮には色あせた布が巻き付けられていた。おそらく、当時は真っ青な布だった。使われた染料は、おそらくA地区と隣接しているF域に生息していた植物だろう。

F域で人間が生活していた跡が見つかった。そのために三度、調査隊が入った。繁茂している植物の採集、動物の足跡などが調べられたが、その資料は現在では地下にある資料室の中で一部だけ確認することができる。F域には三つの集落があり、それぞれの集落ではまったく別の言語が使われていた。集落内の住居跡で、その壁に描かれていた言葉を調査していた部署もあるというが、その記録はまだ発見されていない。

73

この道にはラタン色の樹木が立ち並んでいる。ラタン色とここら辺の人は言うのだが、似ている色としては青色であり、青色のことかと聞くと彼らは「青色ではなくラタン色だ」と言った。青色だと市場の婦人が言いながら手に持っていた見慣れない実の色は、青色ではなかった。わたしが感じている色とその婦人に見えている色が違うのか、生まれつき色の見え方が違うのか確認しようと、他の人に樹木の色のことを聞くと、みな決まってラタン色だと言った。そして、実を見せると、みな青色だと断言した。

わたしにはその実がどちらかといえば赤系統の色に見えていた。わたしの目の見え方、色の捉え方がおかしいのではないかと大騒ぎになり「医務局に一度、行くべきだ」とみんなに言われた。しかし、わたしはこれまで色の見え方で問題になったことはなく、現場でも仕事ができていたし、それこそずいぶん昔ではあるが、絵の具を使って絵を描いていた時期もあった。あのころ、空を青く塗ったとしても、夕暮れみたいだと言われたことはなかった。

ところが、白や黒、その中間色であるグレーなどの色はただの色としては見えず、粘着性の物質に見えていた。それで一時期、かなり頭痛がひどくなった。

「それは、頭痛じゃない。色を識別する機能をつくりはじめているんだよ」

白髪の老婆がそう言った。市場にはいろんな人間がいた。女性が多かった。若い女性もいた。ディオランドで会った女に似ている者もいた。このへんでは労働者の性欲が問題になっていたが、現場ではそんな話を聞いたことがない。この市場には女性と触れることができる店でもあるのかもしれない。そこらじゅうで香水の香りがした。老婆は頭の上の蠅《はえ》を追っ払うように手を振ると、わたしの頭痛について話をはじめた。

「そうやって色を見ていると、体は自分たちが危険だと思って、いろんなやり方で、お前さんが何も見ないように操作しようとするんだよ」

わたしは老婆とうまく対話することができなかった。そもそも頭痛に悩まされていたのは昔の話だ。わたしはその記憶ですら本当なのかどうか怪しいと思っている。確かに頭に浮かんでいるわたしは絵を描いていて、色を選んでいたが、絵の具はどこにもなかった。そこは葦《あし》が生えている湖だった。背後には背の高い木が育っていて、ところどころ花も咲いていた。昔はそういう場所がまだあった。湖の水は透明だった。

老婆は通路の端に置いてある小さな木箱の中にいた。わたしは腰を折り曲げながら、うずくまる老婆と向き合っていた。木箱の中に首を突っ込んだわたしの頭に、老婆は手を乗せた。老婆の店が何の店かすら知らない。わたしはこの店に立ち寄ったつもりもなかった。

老婆は箱の中で、もうずっと昔からそこにいるような格好で座っていた。

わたしは自分の顔を思い出した。はっきりいって見たこともないような顔をしていた。これが昔のわたしの顔なのか。確かにわたしは顔をずいぶんと見ていなかった。写真を撮ってもらったはずだが、それがわたしなのかすら確認することができないほど、わたしは自分の顔のことを知らなかった。顔を知らないほうがいいと誰かに言われた気もする。

老婆はいまもわたしの頭に手を乗せていて、わたしが見たものをすべて確認するかのように目を見開いていた。カラスが上空を飛んでいた。あれは確かにカラスだと思った途端に、トンビになったり、ワシに変わったりした。老婆は検査でもするかのようにわたしの目玉を、もしくはその内部の水晶体などを点検しつつ、取り替えていた。こんな外科手術のようなことを、木箱の中でできるのか。衛生面は信用できなかった。痛くはなかった。ひとつひとつのことに関して、実際に起きていることだとは断言できなかった。

これは実験でも治療でもない。わたしは調査をしていただけだ。買い物をしていたわけでも、老婆に助けを求めたわけでもない。わたしは状況がよく飲み込めていなかったが、人々を刺激し、老婆を働かせていたのは、紛れもなく、このわたしであった。

74

書店のような店があった。しかし、本は売っていなかった。並んでいるものといえば、そのへんに落ちている紙片を集めてホッチキスで留めただけのカタログのようなものばかりだった。設計部のワエイが持っていたものと似ていた。ワエイは一体どこを設計していたのだろうか。詳しいことは何もわからないままだった。医務局へ行けば戻れるかもしれない。しかし、あれ以来医務局からは一切連絡はなかった。連絡を取るための方法も知らない。

わたしは無線を探していたことを思い出した。そのために、ここへやってきたのだ。断片的な記憶しかなかったが、それらはどれも鮮明だった。自分が何かを忘れているとはとても思えなかった。むしろ、わたしは回復しはじめていた。わたしは知らない言語で誰かに声をかけられても、感覚的に理解することができた。こちらから質問するときには、その言語を使うこともできた。語彙は少なかったが、文法は合っていたので、しばらく時間をかければ答えを引き出すことができた。わたしは対話していると感じることができた。

しかし、不可思議なことに、それが自分の実体験だとは思えなかった。それでも虚しくはなかった。わたしがいまどんな仕事に取り組んでいるのかを誰からも聞かれないことは安心材料のひとつだった。だから、わたしは時間を過ごすことができたのだろう。もし、仲の良い人間に近況を話すような機会が訪れていたらわたしはなんと口に出すのか。そう考えるだけで不安になった。

わたしの目に写っているカタログにはいくつかの言語が書かれていた。印字されているものもあれば、手書きの文字もあった。見たことのある文字もあった。わたしは本をいくつかこの現場で見つけてきた。手渡された本をロンに貸したことを思い出したが、それだけでなく書名も思い出せたのは、この店に、同じ名前の本が並んでいたからだ。それはクルーが書いた本だった。ビニール袋に入っていた。

これは手紙かもしれないとわたしは思った。クルーからの手紙。ここは店なのではなく、伝言掲示板のような役目を果たしているのかもしれない。店主らしき男に声をかける必要はなかった。男はさっきからずっと無線で誰かと話をしていて、無線の向こうの人間は数字を声に出していた。サールの声に聞こえた。わたしはしばらく前まで労働者たちと一緒に現場で働いていたはずだ。そのときの同僚たちと、いまは遠く隔たっているような気がする。わたしはクルーの本を手に取ると、逃げるようにしてその店を出ていった。

75

われわれはムジクで暮らしている。そこで暮らすにはいくつもの方法があって、生きていたら無理だという話まである。われわれが暮らせていたのは、夫婦だったからではない。どちらも単体としては人間であったが、それはあくまでも仕事上の区分だった。われわれだってもとはただの生き物にすぎない。それがたまたま時間軸の運動でこうなってしまった。

ムジクには興味深い植物が生えていて、水の中をふらふらと浮いている。非常に成長が早く、寿命も異常に長い。その植物は花粉も胞子もつくりださなければ、種子もなかった。どうやって繁殖しているのか誰も知らないし、おそらく繁殖もしていない。それでも無数存在していて、いつまでたってもなくなることはなかった。われわれはそれだけを食べて過ごしていた。食事係だったわれわれは働く人間たちのために、ひたすらこの植物を採集した。

ムジクの水はちょっと変わっていた。水といっても、見た目はまったく水に見えなかった。どちらかというと霧や雲に似ていた。だから誰も水とは気づかなかった。かすかな風でそこらじゅうを動き回るのだが、目に入ると失明する恐れがあった。うかつに飲むと死んでしまう。しかし、死んだとしても、それはあくまでもこの水によって死んでいるので、正確には死とは別のものだった。死が訪れると体は終わりを迎えるが、ムジクの水を飲んで死ぬと、体はそのまま水面となって広がっていく。植物はそこに群れをつくり、気づくとひとつの生きた空間となっている。ムジクは今も広がり続けているわけだ。ムジクのことをF域と呼ぶ者がいる。しかし、それはおかしな話だ。ムジクはそれこそ隣接しているA地区にまで広がっている。それなのに、誰も気付きやしない。

食事をつくるための竈は二つあった。われわれがつくったわけではない。二百年前からずっと使われていたものだ。竈には傷ひとつなかった。われわれは植物のことをミリミリと呼んでいたが、呼び名はひとつではなかった。水に浮いているミリミリは瞬時にワーレという三つの節に分かれる。節の形はそれぞれ違っていて、ミリミリとワーレが同じ植物であるとは誰も信じなかった。われわれは竈に描かれた絵を見て、そう感じ取っているだけだ。正確なことは誰にもわからない。植物は今もまた変化している。そもそもワーレの状態をわれわれが見たことはなかった。ミリミリ、ワーレと変化したあと、植物は姿を消してしまう。目では確認できないくらい小さくなっているだけなのか、どこかへ高速で移動しているのか、われわれにはわからなかった。

ムジクで暮らす人間たちの拠り所となっている大きな一本の木があった。しかし、今では存在しないことになっている。その木は数千年も前から生きていて、ムジクで暮らしていた人間たちのすべての食料を調達してくれていた。幹《みき》からは水があふれ、花びらは食べることができ、乾燥させた実は、赤ん坊から成人するまで延々と噛み続けることができた。この木のことをムジクでしか使われていない言語ではグロミヌと呼んだ。グロミヌとは「食べる」という意味でもある。しかし、われわれはいくつかの言語を使っているため、厳密にはグロミヌという言葉は食べるという行為を指すわけではなかった。実際にはミリミリがワーレに変形し、消えたあとの何もない水のことをグロミヌと呼んだ。

グロミヌとはムジクの言語では何もないということではなく、水がすべて満たされている状態を指している。この存在しない大木は、大聖堂のように今も息をしてる。われわれはグロミヌの中に両手を入れるとき、体を水の中にいれてはいけない。なぜなら、われわれもまたグロミヌになってしまうからだ。

グロミヌを摘み取り、地面にそっと置けば、空気と触れて少しずつ色づいてくる。それをすぐさま竈で空焚きさせた鍋の中で乾燥させる。乾燥させたあとウィブの種をかける。ウィブもまたムジクに生息する植物で、これは市場でも出回っている。体力がないとき、風邪をひいたとき、この種を食べると、そのまま深く眠ることができる。眠ってさえいれば、働かなくていいんだから、この種は薬というよりも、労働者をもう一人自分の中に生み出すようなもので、新しい人間という意味を持っている。ウィヅの種を三粒だけ入れる。まだ水は入れない。しかし、この説明はまだまだ続く。グロミヌは鍋の中でまた変化する。日照りの状態が鍋の中でつくりだされるまで止まることなく変化する。

そう、われわれはムジクで起きている現象を鍋の中で再現し続けている。そうやって、主食をつくっている。どんな味かは想像することすらできないはずだ。まだ完成していないし、誰にも食べさせたことがない。それなのに、どんどん量は減っていくし、満腹になった者だっている。そういう食べ物についての話が聞きたいなら、いつまでも話すよ。

76

これが夢なのかどうかわからなくなるときがある。そんなときは大抵、夢じゃないことが多い。ところが見慣れた現場の階段の向きが違っていたり、昨日作ったばかりの壁に鈍器で殴られたような跡が見つかったりする。これは夢なんじゃないかと感じるのは何度かそういうことがあったからだった。

夢ならいつかは目が覚めるはずだ。目が覚めれば夢だったのか、そうではなかったのかがわかる。今もまたわからなくなっている。体が軽い。思ったよりも軽かった。軽いと感じたときは夢であることが多い。ところが確認する方法はない。確認できるときは目が覚めているはずだ。ということは今は目が覚めていないのかもしれない。時間が経っているという実感がなかった。それは夢である証拠だ。

体は何かに包まれていた。光も入らない状態で、真空パックされているような気分だった。口にはチューブのようなものが突き刺さっていて、そのおかげでどうにか息ができていた。しかし、こんな状態で働けるわけがない。わたしはこれも仕事の一環なのかと一度思い返してみたが、そんなはずはなかった。

だからこれは夢なのだとさっきから繰り返し考えているが、何度も考えなくてはいけないのは、おそらく目が覚めているからだろう。夢の中だろうが、わたしは目を覚ましていた。あらゆるものが見えた。見ようと思えば、自分は動けなくても、目だけは空中をわけもなく飛び回り、どこへでもいくことができた。

体は相変わらず動かすことができなかった。それでもわたしが落ち着いているのは、視界が良好だからだ。わたしはいつ眠りについたのか覚えていなかった。ところが眠る前に現場で労働者のジジュと話したことは塊《かたまり》となって浮いていた。どこに浮いているのか。目は勝手に動いて確認しようとした。いつもとは違う向きにある階段に近づくと、浮いたまま階段を駆け上がり屋上へ出た。

屋上から景色を眺めたのは初めてだった。午前中の太陽の光だ。わたしは心地良さを感じ、そのまま横になった。労働者たちはいつもと同じように働いていた。働いていないのはわたしだけだった。このままではすぐに医務局へ送り込まれてしまう。現場には白衣を着た医者らしき人間が一人いた。首から自己証明カードをぶらさげてはいなかった。医者はわたしの体を跨《また》いで現場内を動き回っていた。踏まないように注意を払っているのだから、わたしが横たわっていることに気づいているはずだ。ところが医者は話しかけてこなかった。仕事はとっくにはじまっているというのに、わたしが寝ていても問題になっていなかった。こんなことは初めてだった。

わたしは見慣れない状態にいるというだけで、夢だと思うようになってしまっていた。しかし、それでも夢ではないと思ってしまうのは、こんな状況がもう数日間続いているからだ。こんなに長い夢は初めてだった。夢でもわたしは同じ現場で仕事を続けていた。夢の中での仕事のほうが充実感を感じた。会話も多かった。食事も美味しく感じた。わたしは腹が減っていた。そろそろ起きて、働こうと思いはじめた。

次第に、目が慣れてきた。慣れないことばかり起きていたが、それはいつもの朝だった。記憶を少しずつ思い出しはじめていた。わたしは昨日の仕事を確認してみた。昨日取り掛かっていた仕事場へ向かい、同じように体を動かしてみた。体は少しずつ思い出していった。わたしは毎日こうやって過ごしていたのかもしれない。階段の向きが変わったのではなく、ただ時間が経過しただけなのかもしれない。もうずいぶん長い時間が経っていたことを、わたしは知っていた。

77

ここは資材置き場で、トラックの荷台に載せるために、わたしは図面と照らし合わせながら材料を仕分けしていた。しかし、これは正式な図面というわけではない。図面は各階につき一枚ずつしか送られてこなかった。そのかわり書記係が現場責任者の指示を受けながら、それぞれの担当に合わせて図面の一部を鉛筆で転写することになっていた。ところが、書記係から渡された図面には線はなく、記号で溢れかえっていた。じっと見ていると、記号は変形し、頭の中を次々と通り過ぎていった。

図面が表しているものが頭の中のことなのか、外のことなのか。わたしは記号が火花を散らしながら変形している様子を見ながら考えた。図面を眺めながら、完成した細部を想像したが、わたしには記憶が勝手につくりあげているように感じられた。景色も時間ごとに目まぐるしく変化した。しかし、これはただ一人の労働者の思いつきにすぎず、もっと言えば、ただ向こうからやってくるだけなので、わたしが考えたものですらなかった。

労働者たちの頭の中で起きている、こうした思考の交通が、建設自体に何か影響を与えているのではないかとわたしは感じている。目に映るからそう思っているのではない。目に見えないのに、わたしは体感していた。目をつむっているのに、わたしは大きさを感じたり、高さを感じたり、見上げたり、振り向いたりした。わたしは匂いを感じ、言い当てることのできない記憶がつくりだした空間を目の当たりにした。昔過ごした家だったが、わたしはそこで生活をした覚えはなかった。通り過ぎただけかもしれない。裏庭には植物が生い茂っていた。色鮮やかな果物《くだもの》が実っていた。

78

ここにいるマウという男は、男の子なんだが、マウは後には男になって、ずいぶん後には老人となって、結局ここで死ぬことになるのだが、そのことを今から話そうと思う。これは回想だが、マウ自身による回想ではない。なぜならマウはもうここにいないのだし、それは死んだといっていいのかそうではないのか簡単に口にすることはできない。

ここには無数の人間がいて、もう半分くらいは死んだ人間だって話もあるし、それを多少とも信じることは不可能ではない。ここには無数の人間がいたが、それぞれの人生がここにすべて転写されているわけではない。鉛筆で書いたところで、残るものではないし、それなら石かなんかにひっかき傷でもつくって、消えない話を書いたところで、読める者もいない。文字なんか無数にありすぎて、それが自分の母語なのかどうか調べることもできないし、いつだってどうにかありあわせの言葉を使って、自分の周辺の環境をつくりあげるしかないのだ。

マウはここで生まれたわけではない。生まれた場所はただランドと呼ばれていた。島なのだが海に覆われているわけではなかった。周囲には山もあった。鬱蒼と生い茂る森もあった。山はヤマと呼ばれ、森はモリと呼ばれていた。

マウは小さい頃のことをすべて覚えていた。両親は驚いて、すぐに逃げていった。その後ろ姿をもちろんマウは覚えている。悲しかったわけではなかった。感情はもうすでになくなってしまっていた。不要なものだった。

ビンのことを話さなくてはいけない。ビンはずっと夕日を見ていた。ビンはこのへんに暮らしている人間とは違っていて、ただここを仕事で訪れただけだ。ビンは植物採集を生業《なりわい》としていた。マウはビンの前に突然あらわれた。ビンは新しい植物があるという噂を聞きつけて、モリへ向かうことにした。船なんか必要なかった。移動手段がないならどうするか。これがビンの仕事の一番の要で、ビンはそれでも動くことができる。だからこそ、彼にしかその仕事は任せられなかったわけだが、そこにあらわれたのがマウだった。

マウはまだ子どもだった。赤ん坊といってもよかった。しかし、マウは言葉を持っていた。腹が減っている様子でもなかった。口のまわりには何か果物でも食べたあとみたいにべたついていて、ビンがマウを抱きかかえたときには異様に臭かった。ビンはこの子を育てることにした。ある日、マウは指をさしたり、つねったりしながら、ビンをある場所へ連れていった。

そこにあったのは、古い宮殿だった。ビンには確かにそう見えた。つくりあげたのがマウだとはビンには信じられなかった。綿密に設計された建造物だった。マウは宮殿をとても小さな石ころを積み上げて一人でつくりあげたと言った。石のことをマウはニョンと呼んでいた。ニョンは火山岩のようだった。持つと硬いが、ニョンどうしをぶつけると粉々に砕けた。

マウは寝る間も惜しんで、ひらすらニョンを拾い集めては、宮殿作りに没頭した。マウは鉈《なた》も使うことができた。マウに鉈を作ってあげた人間がいるはずだが、親たちが鍛冶屋だったのかもしれない。周辺に鍛冶屋は一軒もなかった。誰も鉄のことすら知らなかった。

ビンがつけていたマウの観察日記は膨大になっていった。ビンはマウという人間に大きな集団を感じた。実際にマウは一人ではなかった。生きのびるために都市をつくりあげていた。マウは法律や通貨なども生み出していた。実際に数百人の住人がいて、マウはその支配者というわけではなく、あくまでも一人の子どものままだった。マウは何の指示も出さなかった。都市に漂う大気そのものだった。大気ははじめ澄んでいたが、次第に汚染されていった。マウが咳き込むたび、石ころは崩れ落ちていった。彼の動きはかすかな振動ですら宮殿に影響を及ぼした。しかし、つくるのもマウ自身であり、都市に労働者はいなかった。

住人が何を生業としていて、どんな食事をしているのか、彼らは法律や通貨をもちつつ、働きもしないのか。時間をかけてマウを観察していくうちに、ビンはマウの生み出した都市の中で暮らすようになった。石積みの宮殿はその都市の投影にすぎなかった。

都市では毎日、開発が行われた。掘り出された土砂は、決まってマウの糞便《ふんべん》となった。マウは彼自身が一つの土地、気象、大気となった。ときに彼の小さな体は高層の建造物となり、人々の住まいとなった。都市で暮らす人間たちを一挙に集めるための催しが年に一度行われた。しかし、それは一日の中で目まぐるしく揺れ動く時間の流れにすぎなかった。

マウは疲弊してもおかしくなかったが、彼が疲れて眠っている間も都市の明かりが消えることはなかった。発電がどのようにして行われているのかはまだわかっていない。彼の内臓はいつも透けて見えた。ビンはマウの体を定期的に観察し、同時に父のように接しようとした。しかし、マウはあくまでも広大な都市だったため、ビンは時折路頭に迷い、狂気を感じた。そんなときはいつも宮殿の中にある水場にいつも決まった量の水が流れ込んできた。それはマウに流れる大河、ムリース川の支流の一つと考えられていた。ムリース川の川魚がとにかく美味だった。噂を聞きつけた人間たちが宮殿に近寄ってくることもあったが、いくつもの罠《わな》が彼らの侵入を無意識に遮っていた。時々、侵入者の雄叫びが聞こえてきた。水場の水はいつも透き通っていた。川魚は、恐れもしらぬ顔で悠々と泳いでいた。

3

79

「自己証明カードを見せろ」

A地区とB地区の間をむすぶ、地下通路シーラインの中間地点にあるゲートの守衛であるモールにこんなことを言われたのは初めてのことだった。モールはいつもはにかんだ笑顔でこちらに向かって会釈するだけだった。わたしはシャツの中に入れていた緑色の首紐を引っ張って出すと、モールに見せた。

「今日は許可することができないね」

「いつもここを通っているんだ。そんなわけがない」

「これはおれの気まぐれってことじゃないんだ。そういう文書が届いたんだよ」

モールはそう言うと、くしゃくしゃになった紙を広げて見せた。端のほうが破れてしまっていた。

「おれは今日、これを拾った。だから、今日の通告ってことだ。ここではいつもそうだ。お前はここで仕事なんかしちゃいないだろ？　労働のためのシーラインだってのに、お前さんはただ移動しているだけだ」

「なんて書いてあるんだ？」

モールは文書を大声で読みはじめた。

「通路には物資を届けるための車両が入ってくることがあるが、事故には一切責任を持たない。歩行者は厳重に気をつけること。必要な物資については無線で連絡をし、常時確認すること」

「モール、それは通行許可を出さないって意味じゃないぞ」

「いや、歩行者は一人も通すなってことだ。お前さん以外にここを通っているやつなんかいないんだよ。A地区までいくのに、歩くやつがいるか。バスがあるだろ。シーラインは輸送車しか通らない。おれはほとんどこの社屋で横になって、本を読んでりゃいい。それなのにお前がいるから、毎日、カメラを監視しないといけない。これはおれに対する褒美みたいなもんだ」

「じゃあ、おれはどうしたらいい？」

わたしがそう言うと、モールは困った顔をした。

「この奥に非常口があるから、そこから地上に出ればいいんじゃないか」

モールはそういうと自分がいつも座っている電話ボックスくらいの大きさの守衛室の裏にある非常口を指差した。しかし、守衛室は非常口の扉のすぐ近くまで迫っていた。

「これじゃドアを開けられない」

「知らないよ。おれは疲れてるんだ。お前が何をやっているのか知らんが、医務局で入院している患者なんだろ？　それなら、ちゃんとベッドに戻りな」

モールはへらへらした顔でこちらを見た。わたしは作業服を着ていたし、腰にはいくつも道具をぶらさげていた。どこからどう見ても、労働者にしか見えないはずだ。わたしは、モールを無視しゲートを抜けようとした。すると、モールはゲートの門が閉まるボタンを押した。

「命令は絶対だ」

「文書にはそんなこと何にも書いてないじゃないか」

「労働者はそれぞれ直感を働かせて、自分なりの方法を見つけるんだ。おれは直感的に非常口を見つけた。どこにつながっているのかすら知らない。いや、違うな。おれだって、おそらくここからやってきた。この扉を通って、シーラインの中に入って、もうかれこれ十年くらいになる。きっとそうだ。まあ、ここはあきらめて地上に向かいな」

モールはそういうと、守衛室に戻って、机に顔を伏せ、そのまま眠ってしまった。机の上には一冊の本と、読書灯以外何もなかった。木で作った粗末な机だった。守衛室の壁に紙が数枚貼ってあったが、知らない言語で読めなかった。

ゲートは両方とも閉まっていた。わたしはモールの守衛室が置かれている、一メートルほどの幅しかない地下空間に閉じ込められていた。守衛室の裏にどうにか体を押し込み、入りこむと、扉のドアノブを回した。鍵は空いていたが、錆びついていてなかなか開けることができなかった。どうにか力ずくで扉を開けたが、扉は思うように開かず、守衛室の壁にぶつかっているので、扉の中に入ることができないまましばらく立ちつくしていた。

わたしは守衛室を蹴った。すると、守衛室はベニヤ板でつくっただけのハリボテでそのまま地面に向かって倒れていった。中のモールは熟睡したままだった。わたしは扉を開けると、中に入った。真っ白い階段室だった。蛍光灯の薄い明かりがついている。わたしは上まで登ってみることにした。壁には階数を示す記号が描かれていたが、数字ではなくここが何階なのかさっぱりわからなかった。いろんな資材が高く積まれていて、階段が見えなくなっている。わたしは資材の山につかまりながら、どうにかよじ登っていった。

80

ここに住んでもう二十年が過ぎる。早いのか遅いのかわからない。顔がみんな同じに見えるかもしれないが、実は全部違う。もちろん、一つの大きな生き物ではあるよ。わたしには名前がいくつかある。名前が一つじゃないってことは、わたしがわたしじゃないっていうこと。いくらでも好きに自分を広げることができるし、いくつも住む場所を持ってる。

ここはヘムって呼ばれてて、もともとはわたしたちが住んでいた。追い出されたとは思っていない。重機が入ってきたときも誰も文句は言わなかった。それよりもわたしは食べることのほうが好きだからね。

家をつくることなら誰でもできる。わからないことがあれば、ほら、その角を曲がって、階段を登ってすぐ右手のところにある小屋を訪ねてみたらいい。そこにエジョっていうじいちゃんがいるから。わたしだって、何度もエジョに教えてもらった。ここには道具屋がいくつもあって、なんでも手に入れることができる。修理だっていつでもしてもらえる。道具はとにかく時間が大事だからね。時間がたってようやく道具は命を与えられる。そのための祭りがあるくらいだ。

ここには祭りが何百もある。数十年に一度しかしない祭りだってあるし、まだ行われたことのない祭りだってある。生きている人間だけが知っている祭りばかりがあるわけじゃない。一体、あれは誰が言い伝えていくんだろうね。

ここに住んでいない人間がどうやって、祭りのことを書くことができるんだい。まずは住んでみたらいいじゃない。戻ることなんか考えないで、二度とここから離れないと決めるんだよ。ここをあんたの腕や指先の一つだとでも思って、食事をしたり、そこらへんの人間と絡み合ったり、喧嘩したりしてみたらいい。

不思議だね。あんたにはちゃんと聞こえているみたいだ。なんだか懐かしいよ。こんなこと今まで誰にも話したことがない。ずっと話したかったのにね。ありがたいと思っているよ。わたしはここにいるだけじゃない。手が届かない向こうの息継ぎだって感じてしまう。何の役にも立たないが、それを感じている限りここがなくなることはない。もちろん、なくなってしまったら別の場所に移動するだけ。といってもわたしは動いていない。わたしはただ好きに歌っているだけで、歌声は誰にも聞こえやしないんだから。

81

階段に座っているホゴトルは、手すりの木を見ていた。彼は列車から遠くを眺めている旅行者のようだった。近くに置いてある古い鞄《かばん》には、見たことのない道具がいくつも入っていた。彼はそのいくつかを見せてくれた。ホゴトルは水筒の蓋を開け、水を飲みはじめた。

「これは水筒係が持ってきた水とは違う」とホゴトルは言った。

「この水は腐らない。腐らないどころか、芽が出るみたいに少しずつ増え続けている」ホゴトルはそう言うと、水滴をわたしの手のひらに落とした。水は手のひらの皺《しわ》の上を動きはじめた。水滴は放射状に伸びていった。その間、彼はずっと手すりに鉋《かんな》をかけていた。階段には削りカスが山のように積み上がっていた。

木はどこから持ってきたのかと聞くとホゴトルは伐採した場所を教えてくれたが、聞いたことのない名前だった。彼は削りカスの中から木片を取り出すと、鉛筆で書き込んだ。彼が書いていたのは場所の名前ではなく、視線をそのまま写した風景のように見えた。ホゴトルは苦心して、どうにかその木を探し出したようだった。

「手すりは人が直接触れる場所だから、何年もかけて考えている。そのために、まずは手の研究もはじめた。手は人それぞれに違う。同じものだと思ってはいけない。わたしは手すりをつくることを任せられている。それはこの木と会うことを予感していたからだ」

ホゴトルは感謝をするように空を向き、また木片に書きはじめた。ホゴトルの筆跡を見ているると、わたしの目にも彼の足取りが正確に伝わってきた。風景は色を持ちはじめ、体は寒くなってきた。太陽は雲に隠れていて、雨が降ったのか地面はぬかるんでいた。ホゴトルは草むらの中を迷うことなく進んでいた。

ここはディオランドにいく途中の草むらだと思ったわたしは、ホゴトルに伝えた。しかし、彼は木を見つけることに夢中になっていて、わたしの言葉は耳に入っていなかった。ズボンの裾から見える彼の足首には、棘《とげ》がささっていた。彼は鞄から次々と道具を取り出すと、木を切り倒すふりをした。木が倒れると、樹皮をむき、手すりの形に刻みはじめた。削りカスはホゴトルの背後に次々と積み上がっていった。気づくと蓋が開いたままの水筒の口から水が湧いたようにあふれ出し、床にこぼれていた。

82

おれはあるとき便所でぼうっとしてた。上を見上げてたんだ。天井はあったはずだ。それなのに光がまぶしすぎて、目を開けていられなくなった。穴があいているわけでもない。照明もずいぶん前にぶっ壊れていた。それなのにまぶしかった。おれはたまらなくなって、床を見た。光の残像が残ってて、黄緑色の塊が床の上を這い回っていた。

まだ床材《ゆかざい》が入っていない粗末な便所だった。その都度、自分で出した糞尿は外へ持ち出して、現場の隣にある処理場まで持っていかなきゃならない。処理場といってもそこにいるのは無数のミミズだけだった。このへんには虫一匹いない。ミミズを見ているおれの目は、望遠鏡みたいになんでも見えるようになっていた。おれは機械の一部になっていた。手を伸ばしたって、その手はもうおれの手ではなかった。どうにか自分で管理しなきゃ、とんでもないことになるのはわかっていたし、それで姿を消していったやつらだっていた。あいつらはどこにいったんだ？　誰も探す者はいなかった。探索課という部署があるにはあったが、彼らはボートに乗って、泥の中をぐるぐる回っていただけだった。それは下手な芝居でも見ているようで、まだ大道芸のほうがましだった。

そういえばおれはその一員でもあった。あれはひどい仕事だった。おれはそこにいたことすら忘れていた。それもこれも明晰になっていたからだ。おれは日常で起きていること、あらゆることが明晰に見えていた。あの雲とこの雲が結びついて、それがひとつのさらに大きな雲となって、大陸みたいに動いていくその時間だって感じることができた。おれは機械になっていたのだから、不思議とすら思わなかった。空でも地殻変動が起きていた。おれは恐怖心も持たずに、ただやたらと明晰だった。

壁もできていないのに、材料だけは毎日送られてきた。おれは材料が次々と積まれていく様子を見ながら、がっくりしていたが、よく見るとそれはでかいミミズだった。いや、これはただおれの目が望遠鏡みたいになっているだけだ。おれの目はただ見るだけじゃなく、視覚全体を変容させるんだ。

おれは雲の輪郭を見ながらいろいろと想像していた。ミミズはおれの前に迫ってきた。そのこと自体おかしなことだとわかっていたが、おれには止めることができなかった。今が午前中の仕事の一幕《ひとまく》でしかないことを理解してはいたが、それは大陸が繋がるほど長い時間だったんだ。何度も過ぎていく時間を、おれは一本の大木となって、そうでないと感じ取れないはずのものを感じていた。今、目にしている体はおれから遠く離れている。

指先から伸びていた延長上のおれは忘れていたことを一気に思い出した。もちろん仕事中の一瞬の話だ。それが今もここにある。雲だって動いている。仕事中に雲なんか見たことがなかった。しかし、今日は違う。なぜなら、ずっと前から見ていたことを思い出したからだ。

おれは今、目の当たりにしている。ただ受け入れなきゃいけないんだ。自分では気づいていなくても、おれはいろんなものとつながっている。ここで働いているだけでなく、おれは水滴としても動いていた。ボートに乗って荒れ狂っているやつらを見て、馬鹿にしているおれもいれば、必死になって彼らを運び出そうとする水滴のおれもいた。ミミズは今も視界のすべてを覆っていた。おれは体を開いて、一つの移り変わる雲になっていた。雲は氷の塊みたいに固かった。打ち込まれた釘みたいに、おれはぶらさがっているだけだった。

そういうときどうするか知っているか？ 何か一つ見ただけではじまってしまうんだから、何も見ないことだ。目を閉じても、今度はまぶたの裏で何かが起きる。それをまた開くんだ。トンネルを掘るみたいにな。おれはいろんなものを見てる。お前の顔だってそうだ。おれは掘っているんだ。道具も何も持たず、ただ素手で掘ってる。もちろん、この手じゃない。おれの背中からは何本も伸縮可能の手が伸びている。人間の手じゃない。虫でもなければ、機械みたいに電池で動くわけでもない。

延々と終わらない、故障のない手だ。

83

わたしは医務局から抜け出してきた。君もそうなんじゃないのか。違うのか。そういうふうにしか見えない。着ているのは患者服じゃないか。じゃあ、君は患者のふりをしているってことか。なんのために。ここじゃ誰もが患者にだけはなりたがらない。それよりも労働者のほうがいいと言う。あんな無意味な仕事を続けていて、金すら要求しない。そもそもここは金がいらないんだから、わたしがこんなこと考えるのもおかしい。

君みたいな格好して、この現場でうろうろしていて、なんで問題になってないんだ。それぞれ人間によって違うってことか。それはわかる。もちろん、わたしだってそうだ。抜け出してきたと言っても、誰も信じない。患者服を着ているから声をかけたのに。君は回し者なのか。わたしから話を聞くだけ聞いて、また収容しようっていうのか。

わたしだってはじめは風邪かなんかだと思っていた。薬をもらえば治るはずだと思った。熱はなかなか下がらなかったが、このへんで病気が流行っているなんて話も聞いたことがないし、まわりのみんなは健康そのものだった。しかし、それも変な話だ。誰も眠らなかったし、いったい、他の労働者はどこで寝てるんだ。それで何度か、同じ現場で働く労働者たちを尾行したことだってある。

ここでは見え方が人間によってまったく違う。わたしにとってここは荒れ果てた砂漠に見える。労働者以外には人の気配はどこにもない。誰がここで暮らすのか見当がつかない。ここで暮らそうとはわたしは思わない。入居者を募集しているようにも見えない。

わたしは一度、会議に参加したことがある。参加といっても、それは労働者の働く士気を高めるための催しだったように今は思う。わたしはA地区にいた。当時はまだA地区でも工事をしていた。今はどうなってるのか知らない。医務局に入って、もうずいぶん経つ。A地区にはまだ水が流れていた。あの水はどこへいったのか。今は水道すら見当たらない。水を飲みたければ、君だって水筒係に頼むんだろ？　おかしな話だ。人が暮らす場所をつくっているのに、生活に必要なものはいつまでたっても設備が整わないどころか、今となっては水すら枯れてしまった。

昔はまだ違っていた。もはやあれはわたしの妄想かもしれないとすら思ってる。だから、医務局に運ばれてしまったのか。会議には船で向かった。C地区では工事すら開始していなかったし、まだ更地《さらち》のままだった。ただの荒れ地だったのはC地区のほうだ。今では誰もそんなこと考えないだろう。

会議では人々をどのように誘致するか、そのための戦略が練られていた。この都市を計画した人間たちがいて、会議は彼らが企画していたはずだ。わたしもそのつもりでいた。つまり、わたしはただの労働者ではなく、それなりに意見が言える立場にいたんだと思う。今では医務局にいたせいか分からないが、勝手に自分の意見ではないことまで頭に浮かぶようになってしまった。それで困っていると、また次の薬、それを止めるためにまた次の新しく開発された薬が投与された。わたしは薬物中毒になっていた。それでもまだ逃げることができた。ほとんどの人間は逃げる気なんかなくしてしまって、うめき声なんかひとつも聞こえず、聞こえてくるのは恍惚とした声ばかりだった。それはそれで楽しむための一つの方法だったのかもしれない。わたしの頭は少しばかりおかしくなっていたからか、いつも別の景色が見えていた。それはこの近辺の景色だった。昔の姿なのか、これからの姿なのか、わからないところもたくさんあった。それでも見えていたことは確かだった。ここには鉛筆も紙も何もなかったので、わたしは自分の頭の中でその姿を正確にまた別のところへ移し替える必要があった。頭に浮かんでいるだけでは不安だった。もちろんそこはわたしの頭の中だ。だから、誰も立ち入ることはできない。それなのに誰かに見られているような気がしていた。もちろん誰もいなかった。

わたしがいた病室は六人部屋だった。患者の症状はそれぞれ違っていた。わたしが一番健康だったように思う。歩くこともできたし、食事だってできた。看護師の助けはいらなかったし、診察も時々医師がきて、少し話をする程度で済んだ。わたしは「もう大丈夫だから、そろそろ退院したい」と医師に伝えた。いつでも現場に戻れるように、自分の道具を修理しておこうと思った。病院の中にそういう店があったんだ。道具を渡しておくと、翌日には修理してくれた。店主はザムゾーと呼ばれていた。顔を覚えている。ザムゾーと離れるのだけは寂しかった。

どうやって、逃げ出したのかって？　それは少し奇妙な話だ。わたしはずっと頭の中の町、それがなぜ突然浮かんできたのか今となっては思い出すことができない。もともとわたしにはそういうところがあった。それはずっと昔からだ。だから、この場所にきたのかもしれないと思うときもある。わたしは来る前から、ここを知っていて、ずっと行こうとしていた。今の現場とはまるで違う姿だ。そこには川が流れていて、一部は運河になっていた。すべての建物は水路でつながっていて、船に乗って人々は移動していた。植物もいたるところで育っていた。無数の種が大切に保管されていた。おかげで、野菜や果物も豊富に採れた。今みたいな主成分が土や石ころの乾燥食とは大違いだ。それならまだ食べないほうがいい。わたしは病院でもらった錠剤をいまだに食べている。

A地区は変わり果てていた。ところが記憶の前後がばらばらになっているだけなのかもしれない。わたしが見ていた景色なら、すでにすっかり移し替えている。どこにあるかを教えるから、君だって、見てみたらいい。それは医務局の中にある。もちろん、書き残しているわけじゃない。他の人間が見ても、ただ物が雑然と並べられているようにしか見えない。それでも行ってみるだけの価値はあると思う。診察室に行く前に、いくつかの色の道がある。黄色を選ぶとまずい。たとえ命令されたとしても、違う色の道を選ぶんだ。赤色の道はほとんど誰も使っていない。わたしは青色の道を進みながら、少しずつ赤色の道のりを覚えて行った。赤色の道は外につながってはいない。赤色の道はいくつかの部屋につながっていて、そこには医務局に運ばれてきた患者のカルテが保管されている。その部屋に入ることはできない。ロックがかかっているから、どんなことをしても無意味だ。四文字の数字を打ち込むことになっている。

わたしが狙いを定めたのはそれらの部屋が並んでいる廊下の突き当たりにある用具置き場だ。ここは医務局の人間は一切関知しない。この部屋だけは、清掃課の管轄で清掃員が週に一度、掃除のためにやってくる。この鍵は、針金さえあればすぐに開けることができる。針金はザムゾーにもらうんだ。その部屋にわたしは自分でつくった模型を置いている。模型といっても、誰にもなにもわからないはずだ。君ならわかるかもしれないと思ったのはわたしの話が通じているからだが、これが確かに通じているのかはわたしにはわからない。なんといっても、目に見えている世界自体が違うんだからね。どうせ、わたしが道を教えたからといってそれが正しいわけじゃない。もちろん何かの助言にはなっているはずだけど。医務局に戻ることがあれば、行ってみるといい。君が何を調べようとしているのかまったく興味はないが、わたしが移し替えたものをどんな顔をして君が見るのかということには関心がある。

84

わたしの頭の中はすかすかになっていて、どうしたらいいのかわからないのだが、寝てるわけにもいかなかった。横になろうとしても、すぐに靴の音が聞こえてきた。遠くでは重機のドリルの音が鳴っている。さっきまで静かだったのに、なぜわたしが寝ようとするとこうなるのか。見えている世界がわたしの体の骨組みになっているようだった。わたしは目を開け、体を起こすしかなかった。

仕方なく、わたしは道具を持った。それは壁をつくるための道具で、木で作られていた。わたしが持っていたのは鉄製だったはずだ。おそらく隣にいた労働者が勝手に持っていったのだろう。こういうことは日常茶飯事だった。わたしもこの状態に慣れてきたのかもしれない。しかし、ここから逃れることはできなかった。

わたしはここで書いているだけだ。対策でも、治療でもなく、ただやっているだけだった。無意味だと気付くと苦しくなるが、するとすぐに音が鳴りはじめる。続けろということか。体にも意志があるようだ。それはわかった。体はわたしを苦しめるためにあるわけではなかった。苦しいと感じているわたしが勘違いしているのかもしれない。この体とわたしの間に、何かまた別の現場があるような気がした。わたしはそこにもまた工事の予感を感じている。図面でもあるのではないかと考えた。

しかし、話しかけた人々の顔をほとんど覚えていないというのはどういうことなのか。いっそのこと何もしないほうがいいように思えた。もう書くための紙もすっかりなくなってしまっていた。売店には売っていなかった。古くなった図面が何枚も倉庫の中に積み重なっていた。

ここは地下の通路の途中にあるあの倉庫だった。ここにきたのは紙が欲しかったからではない。自分の名前を調べにきたのだ。もちろん、それは自分の名前でもあるが、それだけではなかった。ここにはわたしの前に、この名前を持っていた人間がいたはずで、その人間の前にも、つまり、この工事がはじまる前から、ここには名前があったのではないかとわたしは考えている。そうすると、労働者たちがここにくる前に、他に誰かいたということだ。

誰かがいたという話は、いろんなところで耳にした。誰もそんな昔に生きていたはずはない。彼らの話は矛盾していることばかりだった。それなのに、みな一様に見てきたように、まるで彼らはそこで生きているような顔で、恍惚と思い出すように、言葉にしていた。声は次第に低く、それはまだ人間が集団で生きていたとき、群れた彼らはここにいることに疑問を持つことなく、ただそこで生まれ、生きていて、動物たちとも会話をすることができた。ここにはいくつかの伝説があった。しかし、伝説だと思っていたのはわたしだけかもしれない。労働者たちは伝説を昨日のように話していた。もし本当に目にしたことならばそれはそれで大問題であって、彼らは即刻医務局に連行されてもおかしくなかった。

ここはあの守衛がいた地下とは違っていて、何本か道があった。この道の名前をわたしは知らなかった。名前がついているのかどうかすらわからなかった。ビルの踊り場に名前はついていないし、非常階段にも名前はなかった。それはわかっているのだが、この地下の倉庫にはそういった名前とは別の名前、つまり労働者たちの本当の名前が保管されていた。

労働者にはいくつもの名前があった。わたしもそうだということだ。わたしにもいくつか名前があったが、思い出すことはできなかった。だから歩くしかなかったのだ。名前を知らないと入ることができない場所もあった。自己証明カードを持っていても結局は役に立たなかった。それよりも名前が重要だった。

わたしは自分の名前を思い出したときのことを記録していた。しかし、その筆跡が自分のものであるかどうか定かではなかった。この手帳を他の誰かが見ているのかもしれない。それを否定することはできなかった。

わたしはこの手帳を見た者が、ロンであることを願った。ロンとはずいぶん会っていないような気がした。過ぎていく時間の流れを遅く感じているだけなのかもしれない。時間の流れが早くなったことはなかった。常に遅くなっていた。しかし、何か比べるものがないかぎり、遅いだとか早いだとか理解することはできないはずだ。わたしは何か不自由な感じがしていた。これが受け入れるべきことなのか、さっぱりわからなかった。

わたしは時折、ここがどこだかわからなくなる。そのときに何をもって、自分の位置を確認するのかもわからなかった。それがいまの状態だ。わたしはいま、自分では意識していないはずの場所にいた。おそらく、ここはわたしの頭の中だ。しかし目の前には壁があり、それは土の壁だった。赤茶色の土壁。誰かが掘った跡もあった。穴があいていた。これは誰の仕業なのか。わたしは自分で何かをした覚えはなかった。

調査しているのは、あくまでもわたしだった。わたしは労働の片隅で、自分の仕事を継続していた。これはやらなければならないことではなかった。透明の膜におおわれているわけでもなく、できることならこの作業をいますぐやめてもよかった。しかし、わたしはドアというドアを開けようとしていた。この穴の向こうに駅が見えても少しも驚かなかったが、それはありえないことだった。列車に乗ったのはいつのことだったか。それは誰の記憶なのか。いろんな情景が浮かんでは消えていった。

85

真四角の建物の屋根が見えるということは、わたしは屋上にいるはずだ。なぜ自分のいるところがわからないのか。しかし、こういう状況になっても、わたしはまったく疑うことなくひたすら調査を続けていた。

もともとわたしは図面に合っているのかどうかを測定する仕事をしていたはずだ。気づくと仕事はどんどん複雑になっていた。抱えてきれないほど増えていた。これは自分の仕事ではない、と思うこともあったが、そのたびに仕事で充実していた頃の記憶を思い出した。わたしは投げやりになっていたのかもしれない。しかし、それでも問題なかった。ここでは何一つ問題はなかった。

自分の持っているあらゆる道具が毎日変わっているように感じた。毎日といっても、今どれくらいの時間が過ぎたのかすらわからない。記録をつけはじめてからというもの、わたしは自分がどこにいるのかだけでなく、何をしているのか、今わたしは何を考えているのか、そういうことがすべて不明瞭になっていた。

わたしは迷っていた。迷っていても、体を動かすことを止めるわけにはいかなかった。わたしは仕事をしていると思いたいのだが、そうするとすぐに「違う。それは間違いだ。勘違いだ」という声が聞こえてくる。それもまた自分なのだろうか。わたしはそんなことを言わないはずだ。わたしはどうしたらいいのかまったく見当がつかず、困り果て、ここから逃げ出したくなった。

わたしはディオランドへ行こうとした。しかし、それができるとは思っていなかった。そうすると、足取りがばれてしまうような気がした。うまくいくはずがない。ここまでやってきて、わたしはもうずいぶん書いてきた。しかし、何も変わらなかった。それどころか、ますます混乱しているわたしは書くことをやめてしまいそうになっていた。それでも問題はないのだ。何も変わらない。そもそも、わたしには書こうという意志もなかった。しかし書かなければ、気がおかしくなりそうだったのだ。わたしは体を動かすためだけに書いた。それでもたらされたのは、ただの徒労感だけだった。先が見えなくなるのは当たり前だった。まわりの労働者たちは何も迷わず、作業をしているように見えた。そう感じていたのはわたしだけなのかもしれない。わたしはただ呆然としていた。そうやって、過ごしていた。わたしには家がなかった。落ち着ける場所はここしかなかった。

先は見えなくなっていた。しかし、書くのを止めることもできなかった。行き詰まっていた。それなのにまだ歩こうとしていた。おかしなことに、歩けばちゃんと先が見えたりした。わたしは声に出しながら、自分が進みたいと思う方向へ歩いていった。目は見えなかった。このような絶望的な状態であっても、体はまだ何かをしようとしていた。それでもまだ書くことがあるようだった。それはそうだ。わたしは広大なこの場所のことをまだ何も知らない。わたしは体の動くかぎり、この調査を続けるのだろう。

体は半分以上溶けてしまっていたが、わたしは足を一歩動かした。そして、また一歩、もう一方の足も動かした。手を伸ばした。人にぶつかって文句を言われても、わたしは頭をさげることなく「ここはどこですか？　ここはどこですか？」と声を出した。できるだけ大きな声を出した。わたしは自分がここからどこへ行けるのか知りたかった。

わたしの頭は溶けてしまっていた。いったい、ここで何を書いているのか、それすら混濁してしまっていた。このままではまずい。このままでは自分の中が崩壊してしまう。ああ、これこそ、崩壊の瞬間だった。わたしはF域で起きている崩壊の現場に戻っていた。もう時間なんて、過ぎていることすら忘れてしまっていた。わたしは自分が何かその一部にでもなってしまっているように感じた。わたしは何もしたくないのに、何かをつくりだしていた。終わることのない作業が、わたしの中で延々と行われ、わたしの外にも同じように広がっていた。これをわたしの時間、わたしの世界、などと言うならば、そこで起きていることが何度も同じように襲いかかってくるならば、わたしは声にして言いたい。

「いま、それが訪れていて、わたしはいま、崩壊しそうになっている」

男は言った。男はずっとそこにいて、図面なんか描いているわけではなく、わたしの動きを、終わることのない状態を、興味深く見続けていた。わたしの混乱自体が、この現実という混沌、無秩序な世界の一つのあらわれとなっていた。わたしはここにいるのだろうか？　今わたしは書いているのではなく、ただ崩れ落ちていた。それは絶望とすら言えないもので、ただの無言、無関心だった。わたしが苦しいのではなかった。それでもやり続けている無意味な状態、これは遊びですらない。ただの時間稼ぎ、時間潰しにすぎなかった。それでも時間は当然のことのように受け入れていた。

86

ディオランドに行ったときのことを話そうにも、おれはまだそこにいる。お前の顔だって見た。ディオランドで見た顔は忘れることができないからな。おれは結局、ディオランドから離れなかった。ディオランドにいるやつらは起きてもこないし、寝ていることもできない。ただ亡霊となって、ふらふらしているだけだ。若くて肌は綺麗だし、中には美しい女だっている。おれは何度も引き込まれそうになったが、あれはすべて幻だ。気にしなけれりゃいいんだが、ディオランドではそうはいかない。お前だって見たんだろ？　隠しても無駄だ。隠すことはできないし、それでうまくいくわけがない。ここでは隠し事は不可能なんだ。すべて皮膚から汗となって出てくる。それこそ、お前が考えていることはすべて、蒸気みたいに沸騰し、そこらじゅうから湧いて出てくる。あの家の煙突から出ている煙を見てみろ。そういうことが起きる。

おれは事実しか言わない。おれは目に見えないものを信じるほど幸せな人間じゃない。かといって、爬虫類になったりするわけでもない。体はこの通り何も変化しないし、おれはずっと生まれたときのままだ。もしかしたら、それもおれの勘違いかもしれない。つまり、ディオランドで起きたことは、まだ起こっていないとも言える。

なぜそう思うようになったかというと、誰もおれの名前を呼ばないからだ。お前は名前を持ってるのか？　名前がないなら、お前は存在していない。でも、おれの顔が見えるんだろ？それが確かな証拠だ。お前はここで時間を過ごしすぎている。

これは夢で見た。あれもこれもと手にいっぱいの荷物を抱えたまま、すべては夢で見たと言っても、それは脳みそが勘違いしているだけだ。決してお前の経験じゃない。これはお前に言っているように見えるかもしれないが、おれが感じたことを口にしているだけで、お前は気にしなければいい。

なぜお前がここにいるのかって？　あの患者が勝手にいれたんだろう。あいつは現場には戻ってこれない。あいつは生まれてくる予定じゃなかった。他にもそういうやつらがお前の前にあらわれては消えていくだろう。そいつらは人間じゃない。ただ消えていくだけの気配にすぎない。

おれが口にしたことで、うなずける部分があるとしたら、まずいことだから気をつけろ。おれは何も考えてない。ただ好き勝手に頭に浮かんだことを喋っているだけだ。これは記憶にすぎない。記憶の中にお前がいる。だから、どうにかして追っ払おうとしているだけだ。これは神経の中の会話みたいなもので、誰にも聞こえない。ディオランドはそういう場所だ。確かにここには空間がある。ところが時間は流れていない。遠くからだと止まっているように見える。

通り過ぎてしまえば、なかったことになる。

おれは見ているし、お前に向かって口を大きく開けている。お前は誰も聞いたことがない話を耳にしている。それを聞いているのはおれだ。ディオランドはあの酒場が入口じゃない。地図なんか探さずに、勝手につくればいいじゃないか。それ以外に何かやることでもあるのか？ここには何もない。そのことに気付くことだ。

一つだけ言いたいことがある。おれの言葉を記録しろ。どうやって書くのか、どこに保存するのか。お前は試されている。これは監視じゃない。お前が勝手にはじめたことだ。好きにやればいい。何かおかしなことが起きても放置しておけばいい。洪水に飲み込まれて、綺麗さっぱり流れていくだろう。

それもこれもお前の疑念からはじまっている。終わらせることはできない。ここに終わりはない。工事に終わりがあるか？　あれは終わったと見せかけているだけだ。誰が住むんだ？　ディオランドは麻酔にすぎない。ここにいても、体が麻痺していくだけだ。

じゃあ、どうしておれがここにいるかって？　理由は簡単だ。ここで生まれたからだ。生まれてないかもしれないってのに、おれにはここで生まれたという自覚がある。水もいらないし、空気もいらないし、口も言葉もなにもいらない。それなのに、おれはここにいる。

87

ここにはなんでもある。なにかないものがあったら、言ってくれ。苦しい？　そりゃそうだ。わしも苦しい。子どものときは苦しくなかった？　そりゃ本当かい。そうじゃなきゃ今頃死んでるって思うんだろ。子どものときなんてあったのかい？　時間は過ぎていくもんだと信じているわけだ。

わしはここが知っている場所なのかどうかを一つ一つ吟味しているだけだ。とにかく歩いた。どこにでも道はある。草むらの中やぬかるみを進んでいけば、突然、穴に落ちたりする。わしはスコップでひたすら掘った。何日も寝ずにやるんだ。石にぶつかってそれ以上掘ることができなくなっても、心配しなかった。すぐに雨が降ってくる。どしゃぶりだ。雨水が土の中に突き刺さると、穴は余計に掘りやすくなった。するとそこにも道があった。これもまた労働のうちってわけだ。

ここにはなんでもある。まずはそう口にすることだ。掘ればなんでも出てくるし、どうせ全部屑《くず》みたいなもんだ。どうでもいいものばかり目に入ってくる。なんでもあるってことはそういうことだ。探しても無駄だ。宝は人によって違う。誰もが欲しがる宝なんかなにもない。だから、ここには金もない。何をやってもいい。人間にできることなんて高がしれてる。自由ってわけじゃない。それはお前さんだって、もうわかってるんだろう？

わしは移動することができない。足は動くことをやめてしまった。わしはずっとここで壁に寄り掛かっているだけだ。道具も使えない。掘るときは指を使う。あきらめているわけじゃない。これも一つの可能性だ。わしは途方に暮れている。ところが、作業を止めることはできない。これがわしの時間の過ごし方だ。

人間に会ったのなんか久しぶりのことだ。酒でも飲むか？　奥にある袋をこっちに持ってこい。なんでもでてくるぞ。他になにか欲しいものはあるか？　あるなら今のうちに言っとけ。人間はすぐ忘れるから。忘れたら終わりだ。その道はそれで終わり。忘れる前にとにかく道の話をするんだ。指をさして、ちゃんと自分の目で確認するために足を動かせ。足がぶっこわれても、気にしなくなるから心配するな。大事なのは、できることを全部やってみることだ。どうせ、すべて徒労に終わる。ただやればいい。虚しくなっても、作業を止めないことだ。それしか方法はない。方法は見つけるもんじゃない。今できることだけだ。なにかいい方法を、と探しても、それは宝だから見つかるはずがない。雨は降るし、酒もある。

それは宝じゃなくて、お前の体の分身だ。同じ血が通っていることを知ったら、血管がどこまで続いているのかを見たくなってきた。この洞穴を何百周もしてしまうほどの血管がわしの中で毎日探索を続けている。わしもお前みたいな顔をしてた。お前はわしの名前を知っているかもしれない。わしはすっかり忘れてしまった。

88

帰り道がわからなくなった。しかし、そこは見慣れた道だった。人間たちは、わたしがうろうろしている間も動き続けていた。道の先には舗装するためのタンクローリーが数台停まっていた。予定より工事は早く進んでいるのかもしれない。現場の風景は一変しているように感じた。しかし、変化といっても人それぞれに違っているはずだ。わたしは誰かに道を尋ねようとしたが、何を聞けばいいのかわからなかった。頭は働かなかったが、体はどこも異常がなく、わたしは大股《おおまた》で歩いていた。

大きな塔が建っていた。はじめて見る建物だった。わたしはそこに以前、何が建っていたのか思い出そうとしたが、当然ながら微かな記憶すらすっかり消えてしまっている。塔は大火事で燃えたように真っ黒に焦げていた。

廃墟となった塔に近づくと、壁は焼け落ち、中では無数の人間が働いていた。高層階ではクレーン車が首を突き出し、鉄骨を運んでいる。ここはわたしが働いていた場所のはずだ。それなのに、わたしは遠くへ来てしまったように感じていて、今すぐにでも帰りたくなっていた。おそらくわたしは水屋に戻ってきていた。しかし気持ちは少しも落ち着かず、発狂でもするのではないかと思った。体だけは軽快で、混乱している自分がいなくなれば、平静を保ち働き続ける労働者の一人にしか見えないだろう。

わたしは首に下げている自己証明カードを手に取り、自分自身のことを落ち着いて振り返ろうとした。しかし、カードに書かれている文字はわたしの筆跡であるにもかかわらず、まったく読めなかった。わたしは自分が塔を初めて見たと感じていることも嘘なのではないかと思った。一体、わたしは何のために嘘をついたのか。それすらわからなくなっていた。すべてが混沌としていたが、この状態はわたしにとって不思議な現象ではなかった。わたしの体の中ではたびたび起きていたことだ。わたしは慣れきっていた。見慣れた風景はわたしにそう自覚させようとするのだが、なぜか抵抗してもいて、自分が自分ではないもののために動かされている現状に苛立っていた。しかし、わたしは仕事中であり、この怒りをどこにもぶつけることができなかった。

塔はそういうわたしを見下ろしていた。微笑みを浮かべているようにすら感じた。こんな影をわたしは何度も見たことがある。あの男だ。設計部にいた男は薄ら笑いを浮かべたまま、じっとこちらを見ていた。

目に見えているのはただの塔だ。労働者たちは廃墟となった塔を再建しようとしているのかもしれない。わたしは動揺していた。塔を見ながら、巨人のような男を目にした。すぐ横に立っている人間のような実感を伴った気配だった。わたしはすぐに考えすぎてしまう。しかし、それを労働と見なされたことは一度もなかった。腕の赤いランプが点滅していた。衛星がわたしの居場所を察知したのかもしれない。わたしは戻ってきたはずなのだ。ここが今いるべき場所で、わたしは働いているのだ。しかし、体はどこも痛くないのに、足は一歩も前に出すことができないままでいた。すると、後ろから誰かが肩を叩いた。

ペンだった。しかし、ペンはディオランドにいるはずだ。わたしがディオランドを訪れたのはずいぶん昔のことだった。今、目の前にいるペンは塔で働く労働者たちを統括しているように見えた。わたしは話しかけようとは思わなかった。ここで働く労働者たちは複数で夢を見ているのかもしれない。彼らは強いイメージを共有し、内側から閃光を放ち、この現場に必要な力をつくりだしていた。それは人間を生み出してしまうような力だった。わたしはばらばらになったペンを、耳に聞こえてくる彼の声を集めて、どうにか一つの肉体に形づくろうとした。ペンは塔の二階にもいた。塔はさらに高くなっているように感じた。ペンは図面を眺め、労働者一人一人に的確な指示を出していた。ディオランドで家族と過ごしているペンは、ここで働き続けてもいた。ディオランドにいるペンの方こそ影なのだと感じさせるような汗をかきながら、彼は塔の再建を先導していた。

89

「ここも一つの見方でしかない。おれはまだ別のところにいる」

「ディオランド?」

わたしがそう聞くと、ペンはこちらを睨んだ。

「それはお前の見た世界の話だ。ディオランドなんて場所はもともとない。誰もがおれのことを勝手につくりあげる。もちろん、お前だって誰かがつくりあげたものだ。お前は自分を操作しすぎだ。ここはそういう場所じゃない」

ペンはわたしが手に持っていた手帳を見た。

「記録に残そうとしているのか?」

「禁止されているわけじゃないはずだ」

「ここから抜け出したいのか?」

ペンはわたしを恐れているように見えた。わたしは何も答えずに、現場から立ち去ることにした。ペンは止めなかった。わたしは自分の意志でこの場を離れようとしているのか、ペンの仕業なのかわからなくなった。わたしはペンたちと訪れた酒場へむかっていた。あのときと同じような時間だった。夕暮れの雲の形まで一緒だった。

わたしは何度も同じ状態に立ち会っていることに気づいた。戻ろうと思えば、いつでも戻ってくることができる。わたしは一人ではなく、何度も生まれ変わり、そして、今この瞬間にもいたるところに点在していた。雲は少しずつ形を変えていた。わたしは見知らぬ雲を見ると、新しい自分を発見したような気持ちになった。生まれも育ちも違い、聞き覚えのない言語を話すその自分が書き残している記録もどこかにあるはずだった。ペンはすでにそのことを発見しているのかもしれない。

もちろん、これもまたわたしの想像である。しかしそれで終わりではなかった。なぜなら、わたしだけが想像しているわけではないからだ。わたしの視界には知らないものが溢れていた。同時にわたしはそれらすべてに既視感も感じていた。目を閉じたわたしの内側に浮かび上がってくる形ないものですら、ずっと身につけていたものと変わらないような触感を持っていた。

90

わたしは何度も同じところを歩いていた。それなのに足跡は一つもなかった。わたしがはいている靴は、ここに来る前に店で買ったものとは違っていた。わたしがはいていた靴は足の先に鉄板が入っているかなり重い革靴だった。しかし今はいているものは毛がところどころ抜け落ちた毛皮の靴だった。なんの動物の毛なのかはわからなかった。わたしはウサギなのではないかと感じた。正解なんてものはない。そういうことを知ることのできる部署はどこにもなかった。

わたしは受付にいくように言われたのだが、それがどこにあるのか、そもそもなんの受付なのかわからなかった。わたしはまた別の部署で働くことになるのだろうか。しかし今わたしはどこにいるのか、自分の仕事はなんなのかわかっていない。それを受付で聞きたいのだが、いつまでたっても見つからないままだった。しかし、わたしはおそらく長い間、探し続けていた。

腰につけていた無線機もなくなっていた。それでも無線のスピーカーから聞こえていた声はずっと頭に残っていた。ルコの顔を見たわけでもないのに、自分の中ではしっかりと人間の形をしていた。わたしにはそれがとても不思議に思えた。つまり、わたしはすでに見ているのではないか。ルコとも会っていて、だからこそ彼もわたしに信頼を寄せ、崩壊の現場に行くように指示をしたのではないか。だからわたしはルコにも会っていたのだ。ルコはペンと違ってまったく信頼できないと思ったのも、実は会っていたからだった。

わたしには気付かずにやっていることがたくさんあった。他の労働者もそうなのかもしれない。誰も疑問に思うことなく労働をつづけてはいたが、それでも技術が足りなかったり、言葉に詰まったり、その言葉自体が道具だと勘違いしたりしていた。わたしはこれはどういうことなのかと考えつづけようとしたが、ほかにも考えることが多すぎて、それこそ、自分のことだけでもすでに手一杯になっていた。他の労働者が抱えている問題など考えたことがなかった。それでも今、気にしているのは、自分がはいていた靴が違っていたというよりも、この靴を誰かにもらったことを実はよく覚えているからだった。

受付は目の前にあった。わたしがただずっと気づかずにいただけだった。受付には女が一人座っていた。女はわたしが近づくと退屈そうな顔をしたまま、道具袋を一つ机の上に無造作に置いた。

「靴を履き替えてください。脱いだ靴は8番のロッカーにいれてください」

女はそう言った。

これからどこにいくのか、女にたずねてみようかとしたが、わたしが口を開く前に女は「質問はわたしにはしないでください。わたしは何も知りません。何か疑問点があればインターホンがあるので、ボタンを押しながら聞いてください」と言った。

受付といってもそれは野ざらしの小屋だった。カウンターの奥にはドラム缶が置いてあり、薪が燃えていた。炎は屋根を燃やしているように見えた。実際に屋根は焦げていた。女は気にする様子もない。

「インターホンに何か聞くことがなければ、扉を開けて、次の場所へ行ってください」女は気だるそうに言った。

扉に近づくと、自動でドアが開いた。定期検診で行った医務局とは違う場所のようだった。わたしはディオランドに雰囲気が似ていると思ったのだが、どう似ているのかはわからなかった。わたしはなんとなく夢の中にいるような気分だった。実際に夢である可能性も念頭に置いておく必要があると感じた。

わたしは自分がどこにいるのか一瞬にしてわからなくなってしまう。わたしの気分次第で山頂の天候のように変化した。まずは外の世界よりも頭の中のことを気にしないわけにはいかなかった。わたしは自分で感じているよりも、自分以外のことが自分の内面に入り込んでいることに気づいていた。この受付でさえも、実際には存在していないのかもしれなかった。

なぜ、こんなにわたしはこの現場のことを知ろうとしているのだろうか。しかも必死の努力のかいもなく、わたしはなにも知らないままだった。手で触れることすらできなくなっていた。今では手帳を読み返しても、まったく思い出すことができない。過ぎ去った話なのか、これから起こることを想像しているのか、わからなくなるほど、書かれてあることは混濁していた。わたしだけが取り残されていた。

目の前には真っ白い壁の廊下が伸び、脇には扉が並んでいた。わたしは壁のインターホンを押した。インターホンの音は割れていた。崩壊を知らせるスピーカーと同じだった。崩壊はまだ起きていなかった。いや、そんなはずはない。まる一日崩壊が起きなかったことなどこれまで一度もなかった。

91

これからのわたしはすべて、別のわたしの仕業《しわざ》であり、言葉もまた、ほとんどがつくりもの、しかし、誰にでもわかるように、筆跡は残さなかった。誰にでも書き換えることができる。わたしははじめて、自分ではない者として、言葉を発したり、仕事をするようになった。

4

92

一日に雨は三回降った。今は二回目の雨がゆっくり降り続けている。太陽が雲に隠れてから、しばらく時間が経っていた。太陽が照りつけているのに、雨は延々やまないときもあった。雲はいたるところを動き回り、わたしの頭のすぐ上で降ったりもした。わたしはそういう場所にいる。わたしはある日、誰かに連れてこられた。わたしには知り合いが一人もいなかった。ここはわたしが生まれた場所ではない。わたしはまず言葉を覚えるところからはじめた。わたしはヤムという男とすぐに仲が良くなった。ヤムはとても人懐っこい。ヤムは年は近かったが、長い間ここで暮らしていた。彼はこの集団生活の中で自分の生き方を見つけていた。

「ただ時間を過ごすための方法を身につけるだけだ」

ヤムはそういうと、目をつむり、深く息を吸った。

93

わたしはどこを歩いているのかを考えなくなった。方向は定まっていなかった。方角も見なくなった。まったく知らない道を歩いていた。時折、鮮明な記憶を辿っているように感じた。それらが混ざり合っていた。わたしは混乱していた。しかし、道を遡るわけにはいかなかった。足は待つことができず、我先にと動いていた。わたしは少しずつ歩き方を身につけていった。

目の前に建物があった。腰くらいまでの高さの石垣も見えた。銃撃を受けたのか、地震で揺れたのか、石垣は無残にも崩れ落ちていた。かなり時間が経っているのか石垣に絡みついている蔦《つた》は枯れていた。道は続いていた。足は止まることなく進んでいった。

はじめて訪れる場所だった。そんな場所がまだあったのかとわたしは驚いた。ずいぶんいろんなところを歩き回っていた。地図はないので、どこを歩いたのかは書き残すしかなかった。わたしは地図のようなものを描こうと何度も試みた。その都度うまくいったと確信し描いたものを見返すのだが、いつもわけのわからない図形が並んでいるだけだった。当然ながら筆跡はわたしのものだ。わたしは時間が経過した後の自分に向けて何か伝達しようとしていたはずだ。わたしは鉛筆を紙の上で少しずつ動かしているつもりだったが、どうしてもうまくいかなかった。

それでも足は迷うことなく動きつづけていた。わたしの記憶には残らないとしても、足が何かを感じ取っているはずだ。地図のことは足に任せ、わたしはただ風景を見ることにした。見れば見るほど、わたしは懐かしさを感じた。しかし、わたしの記憶ではなかった。わたしにできるのは、足が向かう方向に体を向けることだけだった。足に抵抗しない。そう思えば思うほど体は軽くなり、わたしは崩れ落ちた石垣の間を抜けていった。

94

こちらに向かって歩いてくるのはロンだった。ロンはわたしのことに気づいたのか、目が合った。ロンは振り返ると、来た道を戻りはじめた。わたしはロンのあとをついていくことにした。

ロンとはしばらく会っていなかった。わたしは「久しぶり」と声をかけた。

「そんなに時間が経っているわけじゃないよ」

ロンは道端に生えている草花を触りながらそう言った。わたしにはぼんやりとしか見えなかった。わたしは不安ではなかった。もうどこへ行くのかと考える必要もない。わたしはまわりのものと区別がなくなっているように感じた。ロンと会ったおかげで、わたしは変化していた。感情や知覚が放し飼いの動物のようにわたしから遠く離れていった。感情と知覚は自由に走り回っていて、わたしを置いてけぼりにした。

ロンは茂みの中に足を踏み入れていった。わたしは久しぶりに植物を見た。わたしは人からここのことを聞いたことがあるのかもしれない。目の前の植物を頭の中で何度か思い浮かべたことがあった。この草むらを歩いたこともあった。ロンも初めて歩いているのかもしれない。生き物に踏まれたこと自体ないのか、無数の細長い草が大木のように風に揺れていた。

ロンは迷っているようには見えなかった。直感に従っているのだろう。わたしは話しかけることもせず、彼のすぐ後ろを夢中で歩いた。久しぶりに楽しい時間を過ごしているのかもしれない。鳥が鳴いていた。珍しく空には雲ひとつなかった。空は場所によって印象が大きく変わった。生きている動物や植物も違っていた。植物なんかもうずいぶん見ていないと同じ現場の労働者たちは言っていた。

建設現場では植物を見たことがなかった。しかも、そのことをわたしは今、忘れていない。わたしは今、働く以前の自分を思い出すことができた。わたしはよくこんな場所で遊んでいた。それがいつだったのかはわからない。それでもわたしは遊んでいるときに嗅いだ草の匂いを覚えていた。忘れてしまっていた過ぎ去った時間が一気に戻ってきているように感じた。わたしはたくさんのことを忘れていた。そのことを気にしてもいた。しかし、働いてばかりでそれどころではなかった。なぜ働いているのかすらわかっていなかったが、わたしは自分のやるべきことを見つけ出し、脇目《わきめ》も振らず仕事をした。いままでずっと試してきたが、それでよかったのかどうか、わたしは自分を疑っていた。しかし、やめることもできなかった。わたしはこの状態をうまく言葉で説明することができずにいた。

ここにはただ植物だけが生えている。わたしは一本の草を見ているだけで、森にいるような気分になれた。わたしは森の中に入り込むことすらできた。ロンと会い、わたしは懐かしさを感じている。ロンと話したことはほとんどなかったはずだが、わたしのところにはロンと過ごしてきた長い時間が一気に蘇ってきた。そこでロンは何度もわたしに話しかけていた。言葉がわからず、聞き取ることができなかった。しかし、聞いているわたしは、ロンの言葉に耳を傾け、深く頷いていた。ロンはさらに話し続けた。

95

ここが自分の場所なんだ。ここに住んでいるのが本当に自分なのかってのはいつも考える。体はここにいることに感動している。ここで考えることがすべて体の中で起きているということに驚いている。それで自分がここで何かをするたびに、それこそ焚き火ひとつ起こすたびに、声をあげてしまうんだ。

その声を聞いて、だんだん人が集まってくるんだよ。彼らは見たことのない人ばかりだ。その人たちに名前をつけることはできない。なぜなら彼らはずっと前からここにいる人たちだから。たとえそれが自分の体から出てきたとしてもね。

出てくる瞬間を見たことだってある。口から白い息を出して遊んでいると、のどの奥がつまってきた。数人がかりで舌をロープみたいに引っ張ってよじ登ってきた。彼らは小さな人間みたいな形をしていて、口から出てくると、焚き火にあたりはじめた。次第に同じくらいの大きさに膨張していった。男も女もいた。子どももいた。じいちゃんやばあちゃんもいた。息を吐くたびに多くなっていった。

彼らは一旦外に出ると、もう二度と戻ろうとしなかった。たまたま自分の体にいただけなんだと言った。だから、彼らに名前をつけることはできない。話しかけたりすることもできなかった。自分のほうがよそ者で、本当はここに案内してくれたのは彼らなんじゃないかと思うことがある。

ここには屋根も何もない。雨をしのぐときにはみんなこの大きな木に集まってくる。彼らは雨に濡れないようにしていた。雨で溶けると思っているのかもしれない。これも自分が感じたことをただ口にしてるだけだよ。ここで起きていることを書き留めるわけにはいかないから。そういうことをしてはまずいような気がしてね。ただここに住んでいるだけだよ。

彼らのお祭りには参加したことがない。どうにか彼らと話をしようとしているんだけど、なかなかうまくいかなくてね。そこで彼らのために働こうと思った。聞いてもなにも答えてくれないから、自分で何か考え出すしかない。まずは小枝を拾い集めた。焚き火に使えるから喜んでくれるんじゃないかって思った。ところが、彼らは木を燃やしているわけじゃなかったんだ。そのことに気づいたのはしばらく経ったあと。山みたいに積み上げた小枝を見た彼らは、山のまわりで突然踊りはじめたんだ。

火はずっと消えなかった。これは自分の仕事だと思って、それからも枝をずっと集め続けてる。枝だけじゃなくて、石や動物の骨なんかも集めた。自分で好きにやっている。手が勝手に動くからね。そうやって少しずつ感覚を摑んでいった。今度は枝を積み上げるために、まわりに櫓《やぐら》を組む必要が出てきた。それくらい高い山になっていた。

山はこの奥にある。見に行くこともできるよ。彼らはまだ出てこないから。彼らにとって自分は自然そのものみたいな役目を果たすようになっていた。あの山だって、彼らは自然がつくりだしたと思っている。

なぜそう感じるんだろうね。彼らは自分の体から出てきたわけじゃないのかもしれない。この仕事は誰から言われたことでもないからね。ただこういうことが起きているだけ。だから喜びと一緒に恐ろしさも感じる。果たして自分は本当にここで暮らしているのか。何者と思われているのか。これが自分の仕事なのか。何に突き動かされているのかってね。

君がやっていることにも近いかもしれない。はじめて会ったときからそう感じてた。君が彼らと変わらないように見えたからだ。もちろん、これは自分が見ている世界にすぎない。好き勝手に言っているわけではないけどね。自分が感じていることをそのまま口にするんだ。

ぼくはここをムジクと呼んでる。

ここには誰もきたことがない。

ここでは息を思い切り吐くように、山をつくったり、風を吹かせることができる。

96

わたしと話したあと、ロンは姿を消した。また枝を拾い集めに行っているんだろう。わたしはこの辺りを歩いてみることにした。

ここはF域の中にあるようだが、もともとF域についてわたしはなにも知らない。労働者で知っている者はいないのだ。わたしはいろんな話を聞いてきたが、F域に関しては誰もが違うことを言っていた。

ロンが出会ったのはラミューたちなのかもしれない。わたしは出会ったことがなかった。もちろん詳しいことはわからない。知りたいのかすらわからなかった。ここに住んでいる人間たちは、建設によって追い出されてしまったわけでもなさそうだった。彼らはどこにでも出没することができた。彼らは点在していた。わたしたちとは何もかも違っていた。家も不要だった。屋根すらいらない。ロンは彼らの生態を知っていた。

わたしはここにいるだけで穏やかになっていた。植物に囲まれているからというだけではない。よく見ると植物たちはすべて枯れていた。ロンが彼らを守ろうとしていたわけではなく、彼らがロンを見守っているように感じた。しかし、彼らにはわたしだけでなくロンですら見えていなかった。

これはわたしが今感じていることだ。わたしはただ歩くことしかできない。わたしはどうにか光を見たり、空を見たり、枝を触ったり、土を指で掘ったりして、ここにいることを感じようとした。しかし、感覚はすでにどこかへ行っており、わたしは真っ暗な森の景色を見ながら、ただ途方にくれていた。

わたしが感じているのはロンが獲得してきたものばかりだった。しかし、それはあくまでもロンがつくりあげたものだ。目には見えなかった。守られているという感覚も残っていたが、わたしの皮膚は危険を感じ取ろうと、体からはがれ落ちようとしていた。わたしはロンがここにいることも実は感じていないのかもしれない。あれは本当にロンなのか。それはわたしが見たものなのか。わたしは自分の知覚に一切確信が持てなかった。ただ歩くことしかできなかった。わたしはあの山に向かっていた。

97

ずっと奥まで歩いていくことにした。歩くといっても、わたしは自分自身の足で歩いているわけではなかった。これはわたしの想像だった。しかし、行動と想像の切れ目はなくなっていた。見えないのに、すべてが目に映りこんでいた。足で踏んだ枯葉の音がした。砂の音がした。そこにないはずの水の音も聞こえてきた。わたしの足はまったく濡れていないのに、体は躊躇することなくどんどん水の中へと入っていった。

ロンが感じていることとわたしが感じていることは違っていた。ロンにとってここは故郷であり、記憶にならなかった無数の声が今もみずみずしくそこらじゅうに生えていたが、わたしは次第に息苦しくなっていた。ところが、体はロンであると自覚していた。ロンはどこに行っているのか。わたしは後ろを振り向いた。彼の姿は見えなかったが、息遣いみたいなものは聞こえてきた。

木が並んでいた。その形は何かの影にも見えた。わたしはいろんなものを思い浮かべていた。まだそれが何であるのかを知らないわたしの目に映るものは、輪郭線を結ぶこともなく、まばたきをするごとに形を変えていった。

山が見えると、わたしは一目散に走り出した。ロンはあそこにいる。山の中に入っていこうとした。枝はロンが言うようにただ積み重なっているだけだったが、近づくと柱のように見えてきた。しかし、垂直に伸びているわけではなかった。地面に突き刺さった枝の先にまたもう一本の枝が立っていて、枝分かれしている先にもそれぞれ細い枝が揺れながら立ち上がっていた。そうやって山が形作られていた。近づけば近づくほど揺れは激しくなり、風が枝の山を鷲《わし》摑《づか》みにして思い切り揺さぶっているように見えた。それはただ一瞬、偶然にできた山だった。

山はすでに崩れ落ち、枝は辺り一面に飛び散っているのかもしれない。しかし、目の前にある山は、見上げても頂《いただき》が見えないままだった。わたしは歩くのを躊躇していたが、それはただ時間が止まっているだけかもしれなかった。

山の中にロンが座っていた。ロンは目を閉じたまま、こちらを向いていた。ロンに話しかけようとしたが、声を出すことができなかった。わたしはただロンを見ることしかできなかった。次の瞬間、山の後ろから無数の人影があらわれた。足音も立てずに彼らは姿をあらわした。彼らはうつろな目でこちらを見た。

98

ここで生まれたことよりも、われわれがどうやって辿りついたのかを考えたほうがたやすい。まず、われわれは川沿いにいた。ここには昔、川が流れていた。われわれよりも思考する川だった。川はいくらでも形を変えることができた。気候とは関係なかった。氾濫するのも彼らの意図するままだった。川とともに暮らすことをはじめたわれわれは、人間であるよりも川沿いの植物やらと同じ生命を持つものという認識しかなかった。川の水しぶきが体に当たると、われわれは何か思いついた。そうやって刺激は信号となって届いた。われわれの感覚が動くよりも先に、川の手足が伸びた。触覚のような水滴は、そこらへんに生息する生命を確認するように、われわれに景色を見せた。すべてがそうやって生まれた。

分裂したわれわれが、それぞれに思考しているなんてことは思いもしなかった。われわれは集団で行動していたのではなく、川の思うままに生き、そして、死んだ。変化はわれわれにとって息をすることよりも大事なことだった。われわれには判断する頭がない。もちろん記憶もない。水滴は常に移り変わるものだ。われわれは常に状態でしかなかった。われわれは感じることがなかった。川は常に一つで、無数だった。われわれは川の器官の一つだった。川が唯一の生命だった。

川は枯れてしまった。われわれは人間だと名乗りだした。彼らは手足を感覚であると言い張り船をつくった。水中を知り、潜っては魚をとった。食欲を獲得した。どこかへ行こうとした。この場所ではないところを見つけ出そうとした。見たことのない場所を想像した。川の起伏を変えた。川の動きよりも、太陽や星の動きに体を任せた。気づくとわれわれは完全にわかれてしまった。それぞれに名前を持つようになった。

われわれは人間ではなかった。言葉もなかった。川は言葉よりも柔らかい。われわれの知覚は、常に与えられていた。決して獲得するものではなかった。川が枯れたとき、われわれはそれぞれに泣いた。いつまでも止まることなく泣いた。泣き止んだとき、われわれは川であることを忘れてしまった。川は枯れるとそれぞれ人間にわかれていった。われわれの知覚はそうやって生まれた。

われわれは水滴だった。水滴になる前の水蒸気だった。だからこそ、今もさまよっている。われわれは死んでもないのに姿を消した。見えるものも見えなくなった。言葉を発しても、われわれは言葉ですらなくなった。川は雄弁だった。川が語ったことは今もわれわれの耳の中で鳴っている。それが言葉だった。それがわれわれの巣だった。

われわれに屋根はいらない。囲う必要もない。必要なものは常に飛びこんできた。われわれは手を伸ばすのではなく、手は向こうから伸びてきた。役目や機能はなく、われわれはただ流れていた。

人間ももとはわれわれと同じ川だった。それを忘れたまま祭りをやっても、人間の先端までたどることしかできない。いつまでも到着しないいままだ。空中の時間が流れるだけだ。時間をさかのぼるのは容易ではない。

枝は集められたものではなく流れてきたものだ。川の一滴となってわれわれのところに届いた。流れてきた。それはわれわれと違う感覚だ。それこそが感覚である。感覚がいま、届いている。水滴。水蒸気。川の記憶は至るところに、何度も流れてくる。

ここにきたのはずいぶん昔のことだった。一人の男がいた。彼はからっぽだった。男はここに石を置いた。われわれはそこに座った。男は上から枝を立てた。われわれは枝の先に座った。男は枝に葉っぱをかけた。われわれは葉っぱにのって上を眺めた。男は星を見つけた。われわれは同じように水面上に反射した。男は水面を見た。われわれはまた混沌と流れていった。

男はずっと昔からここにいた。男は名前をもっていた。名前は声に出さなかった。男は石の宮殿をつくった。つくるためにとてつもなく長い時間をかけた。男はここで三度死んだ。その都度、まったく別の人間として生まれてきた。名前が残っていた。男は迷うことなく赤ん坊のときからすぐになんでも積み上げた。空洞を見つければすぐそこに身を潜めた。

われわれはいつかは流れてしまう。止まっている時間はつねに消えていく。われわれは存在しないわけでも、見えないわけでもない。われわれは川の記憶だ。川は濁流となって流れだした。その瞬間の記憶が一気にどこからともなく吹き出てきた。そこらじゅうが水浸しになった。われわれが起こしたわけではない。われわれのところに時間の手が届いた。川はすべてを思い出し、一斉に涙を流すように溢れだした。

99

人間はここではこういう形なんだけど、あっちでは違う。そういう場所がここ以外にも無数にある。それぞれの人間が思い浮かべている情景はちぎれてしまっていて、それだけじゃ生きてられないから手をつなぐ。毎日、人間は勝手に新しいものをつくりだしている。全部嘘ってわけじゃない。それはそれで一つの場所だ。ちゃんと時間も流れてる。

わたしが担当しているのは地面の上だ。ここには五つの世界があって、それぞれに見え方が違う。わたしに見えないものもある。その一つは目の世界だ。大半の人間が暮らしてる場所で、もちろん何もかも見える。ここでは見えないものは存在しないことになってる。風は見えるのか？　大気は見えるのか？　夢は見えるのか？　そういうことに答えるのがわたしの仕事だ。わたしは蝶番《ちょうばん》みたいなものだ。

目の世界では風はないものとされている。確かに頬は風を感じ取っている。木の葉が揺れている。動きが生まれている。動く頬と動く木の葉だけがある。永遠に変化しつづけている。止まっている頬も木の葉も存在しない。つまり、わたしも動いていて、常に変わり続けている。わたしはそもそも一人ではない。これが目の世界だ。お前が見ているお前もまたお前だ。お前も五つの世界にわかれている。お前の体を触っているわたしの手は、もうわたしの手ではない。

一つのことを説明しようとすると、背後に隠れている五つの世界が形を変えながら次々と侵入してくるので、いつまでたっても話が進まない。わたしの口から出ている音楽みたいな声、これが声なのか、わたしの言葉なのか、わたしが考えたことなのか、口から勝手にあふれでてきているのか、思考とは違って水のようなものなのか、わたしにはわからない。しかし、これはあくまでも目の世界の話だ。

話はいつまでたっても終わることがない。時間の経過を感じるかもしれないが、時間などここには流れたことがない。そんなことを言ったら、川の水はいつまでたってもお前の目には見えていないってことになる。わたしも突然あらわれた。わたしがどこからきたのか、この水がどこから流れてきたのか、この音はどこで鳴っているのか、そういうことをつなぐのがわたしの仕事だ。

これはとても重労働なんだ。感じていることを言葉にするのは難しい。わかっていることは、人間には息をしている者と息をしていない者がいるってことだ。息をしていない者は動き続けている。彼らはすぐになにもかも見えなくなる。彼らはまた別の世界を持っている。持っている？　そうじゃないような気がする。どうもうまく説明ができない。これはお前が考えていることなのかもしれない。わたしは自分がずっと昔から思い浮かべていたと思っていた。

100

建物を一つつくるだけじゃ満足できなかった。それはもちろん小さい頃からの夢だった。家は道端の塀《へい》を利用してつくった。母親はもうすでに死んでいた。母親の記憶すらなかった。記憶をつくることが自分の仕事になった。夢を見るようにつくった。

父親はずっと近くにいた。父の家もあった。家というよりも、そこは駅や水道管みたいだった。知らない人たちが家の中をどんどん通り抜けていった。その頃にはメヌーは仕事をはじめていた。彼だってもともとは道端で暮らしていた。メヌーのことをうらんだことはない。悲しくもなかった。それは父のおかげだ。父は仕事をしていたのだろうか。父についてはほとんど知らない。少し前に父も死んだ。父は病気で死んだ。父は家の中で死んだ。父はぼくの隣で死んだ。

101

見たことのない植物だった。見れば見るほど懐かしくなった。わたしの中のどこかがしっかりと反応していた。ずいぶん慣れ親しんでいるように見えた。初めて見たのはわたしが生まれる前のことだった。植物は今もしっかりと生きていて、わたしの中から飛び出し勝手に繁殖しはじめた。集まって食事もしていた。

小さいものもいれば、大きいものもいた。死んでいるものもいれば、生きているものもいた。見えないものもいれば、見えているものもいた。燃えているものもいた。固まって、うずくまっているものもいれば、いつまでも地面に落ちずに宙空をさまよっているものもいた。悲しんでいるようには見えなかった。彼らは活発に動いていた。それは雨が降る前兆のように思えた。雨が降るといつも、傷一つない右足の骨がうずいた。

列車の車輪の音が聞こえてきた。列車には誰も乗っていなかった。錆びた線路の上にいると、声がどこからともなく聞こえてきた。油臭い煙に気をとられていると、反対側から肩を叩かれた。危害を加えるつもりはないことを、わたしはわかっていた。ただ黙って、彼らの動きに身をまかせるだけだった。

列車が止まったが、ここは駅ではなかった。

「いつか何もなくなるだろう」

そういう声が聞こえた。わたしもそう口を動かしていた。

彼らはいなくなると、わたしの体に入りこんだ。もちろん目には見えなかった。彼らは体の中に行き渡ると、穴という穴から溢れ出てきた。わたしの体から離れ、空気を吸っているまわりの労働者たちにまぎれていった。労働者たちはみな口を閉じて寝ていた。見えていないからと油断している隙に彼らは目に近づき、網膜に侵入した。

しばらくすると労働者たちの目は地盤となって揺れた。海のようにも見えた。隙間から光がもれてきた。光は無数の屑《くず》をどこからともなく運びこんできた。労働者たちは悲しい顔ひとつ見せなかった。新しい顔だった。顔はひとりでに記憶を形作り、それがまた次の記憶を生み出していった。

記憶は風景も呼び寄せた。はじめは息もしなかった動くものは、なにかを思い出しているような顔をするとあっという間に育った。芽も出さず一瞬の出来事だった。時間は細切れになってさかのぼりはじめたが、ただの坂道にしか見えなかった。

無数の線路が走っていたが、どれも廃線だった。爆発音が聞こえると、膜が破れるように、気配すらないところどころでいろんなものが姿をあらわした。世界を知らないはずの彼らは、一切道に迷わなかった。向かう場所があるわけでもないのに、一心不乱に必要な動きがそこで行われていた。わたしは見ているだけでなく、音もしない彼らの激しい動きを見ながら、これからここで起こることすべてを体で感じた。

時間が一気に戻ってきた。これまで存在しなかったはずなのに、彼らは戻ってきた時間を祝っていた。歓声は、遠くの声にしか聞こえなかったが、盛大なものだということを感じ取ることができた。

わたしは彼らのことを植物だと感じている。植物はこれ以上伸びるのかどうか逡巡しているように見えた。わたしのどこかがそれに反応していた。わたしの前には今も成長を続ける植物があり、光が当たっていた。光に反応した目はすぐに水浸しになり、わたしは海の気配を感じた。雨が降ると、いつも海がやってきた。

ずっと昔、家にいたわたしの体は浮いていて、足は地面に着いていた。向かいの建物のベランダで洗濯物を干している彼女にも光が当たっていた。その途端、わたしは自分がもともと水の粒だったことを思い出すと、雨がふりはじめた。わたしが生きるために飲んでいた水とは少し形が違っていた。雨はいつまでも止まなかった。

排水溝からは水があふれ、地面はアスファルトだったのか、土だったのか、線路だったのかわからず、わたしはいくつか自分が保管している風景を取り出し、これでもないあれでもないと取り替えては引き出しにしまいこんだ。そうしている間に、雨は地面となじみ、水は飛行しているように地面の上を動き出した。

それははじめて見る光景だった。わたしはすぐに階段をおり、裸足でそのまま外に出た。自分が知っている場所とはまったく違っているように見えた。わたしは眠っているわけではなかった。わたしはそのまま湖のような水たまりに飛び込んだ。しぶきはゆっくりと四方に飛び、凝視するほど止まったように見えた。わたしを見ている人はいなかった。

わたしだけの世界が時間を持っていた。わたしが生きている世界はわたしがつくりあげた世界とは違っていたが、その二つが合体したような感覚を味わった。今も同じように、植物のまわりを軌道を描いて走り回っていたわたしは、彗星のように紙に空いていた穴の中に入り込んでいた。わたしはその状態のまま水をかぶった。水はようやく自分が落ちていることに気づくと、あきらめたような顔をして戻ってきた。

102

なんだ、この頭に埋め込まれているものは。このせいでわたしの疲れはなくならない。疲れているのか、これがもともと自分の体なのか、こういう状態のままわたしは生きてきたのか、これが発生したのはいつからなのか。ここへ来る前はそうではなかったはずだが、わたしはそう考えることができなくなっていた。確認する方法がない。書いてきたことを読み返しても、それが自分の字だとすら思えないどころか、文字を判別することもできなくなっていた。つまり、これもわたしが書いているのだが、自分が考えていることではなかった。わたしの中では、人間たちが何か話しているのだが、その言葉がわたしには一切わからなかった。それなのに人間たちの間ではまったく混乱が起きていない。順序立てて考えるわけにもいかず、わたしは見えもしないのになにからはじめようかと整理整頓しようとした。

ここにあるものはすべて見覚えがなかった。植物も動物もそうだった。それらはどれもなにかに似ているように見えた。おかげで姿そのものがわたしの頭に入っていかない。ここで流れている時間や通りすがりの建物もそうだった。それもこれもすべて頭に埋め込まれているもののせいだった。

わたしは横になっていた。今日は休みの日ではなかった。今日といいながら、わたしは前回寝たのがいつなのかわかっていない。時間が経っているのかどうかすら感じることができなかった。

わたしが書いたものはどんどん積み重なっていた。紙の厚みを感じることはできたが、読み返してもどれも知らないことばかりだった。確かにわたしはそれを見ていた。見た記憶はないが、見たという行為の記憶は残っていた。目に映ったものはすぐに死骸になった。しかし、死骸は蛆虫《うじむし》でもわいて消えていくならまだいいが、遺跡のようにわたしの中に残っていた。そこには人間が暮らしていた。集まっていた。決まりがあった。今では伽藍堂《がらんどう》となっているが、彼らは確かに今もここで暮らしている。わたしはその気配を感じている。それは大気とは明らかに違っていた。

わたしは歩きながら、二つの息をしていた。どちらもわたしだった。わたしは分裂しているわけではなかった。わたしはすっきりとしていた。頭に埋め込まれたものの効果かもしれないが、確認することはできなかった。わたしは横になったまま、歩いている自分の姿を見ていた。体が離れているわけではなかった。

わたしは鬱蒼と生い茂る、今ではほとんど枯れてしまった植物の中を手足でかきわけながら、一歩ずつしかも迷うことなく歩いていた。茂みに潜んでいる動物のことも頭には入っていた。わたしはまわりの生き物の体温を感じていた。吐き出す息が起こす風の変化を感じていた。

わたしは自分の体が勝手な真似をしているとは思わなかった。それはわたしに必要な動きであり、必要な仕事だった。これもまた依頼されているのだ。依頼主は誰なのか。なぜここにいるのか。根本的な疑問は一切解決していなかったが、わたしは慣れ親しんだ道を歩き、自分を探る行動を起こそうとしていた。なにかの兆しを感じ取っていた。感じているのは自分ではないとしても、動いているのはあくまでもわたしの体だった。

わたしは茂みの奥にあるものをすでに知っていた。見たことはなかったが、わたしはその空間を感じていた。空間は記憶とはずいぶん形が違っていた。茂みの奥には動物がいた。大道芸人が教えてくれた犬に似た動物だった。実在の動物なのかは知らない。しかし、わたしの目の前で動物が動いていた。かすかな動きであるが、一歩ずつこちらに向かってきている。一歩ずつなにか別のものに変化していた。その変化は、人間がまだ経験したことのない変化だった。種が変わるような長い時間によって起きるような変化だ。それを時間と言えるのだろうか。人間が認識できない時間のことを、時間だということができるのか。動物はそんなことを少しも感じていなかった。心臓の音を聞いていればすぐにわかった。

時間そのものとなった動物は放置され、風化した建物のようだった。わたしは動物の動きをつくりだそうとしていた。一つ一つが黙ったまま、ずっと遠くから少しずつ歩み寄っていた。一つの大きな塊になる直前の分裂した状態だった。それらはまだ遭遇していなかった。だから分裂ですらなかった。それはただの一つの世界であり、動物たちはそれぞれに長い時間を身にまとっていた。

103

これを設計している誰かがいる。それは確かだ。設計者がいない現場なんてあるもんか。そんなところで働いたことはない。ところが、一度も顔を見せない。何度か設計部に行ったというやつらの話を聞いたことがある。しかし、どいつもこいつも言っていることは支離滅裂で、もちろん、図面を描いているやつは人間だ。会議をやっては、模型もつくっていて、それが図面に反映されていた。しかし、果たしてそうなのか？　おれにはどうも信用できない。図面はでたらめだし、それなのに、次々と送られてくる。そして、いつまでも完成しない。

完成しないこと自体が目的でもあるように感じるが、そもそもこの現場には目的すらない。お前だって、おかしいと感じたことはあるんだろう？　なのに、なんでお前はなんにも動かないんだ。なんでおかしいと思いながら、働き続ける？　ここには金なんてない。寝る場所すらない。おれたちは奴隷でもない。それでも働き続ける意味があるのか？

もしかしたら奴隷なのかもしれない。おれたちが奴隷だったら、住居ゾーンにいるやつらは人間ってことか。おれたちは人間ですらないのかもな。そう考えると、確かに話が合うってこともある。ところが、そうだとすると、なんでおれたちは言葉を使っていて、図面にはこうやって文字が書いてある？　誰も読みもしないし、そもそも解読なんかできない文字ばかりだ。どうしてこうなった。

おれはもともと言葉を使っていた。もちろん、今もお前に向けて話している。こうやって話していることがお前にはわかるんだろう？　だから、お前は書いている。お前は誰かの回しものなのか。そうでなければ、なぜお前は書き続ける？　お前は名前を覚えることができないからと言うが、それは本当なのか。

お前はなぜそんなに変わっていくんだ。お前の顔や形、指先なんかもどんどん曲がり、溶けている。お前はおれたちと同じ人間なのか？　こんなことを聞くのは馬鹿げている。おれの頭がおかしくなっているとしか思えない。おれもそう思う。それでも言い続けるのは、おれの中の正気がそうさせる。おれは自分に見えているものが正確であると断言はしない。もうずいぶん時間も経過したからな。おれは寝ている。おれも記録をとってある。おれの記録とお前の記録を照らし合わせても、無意味だ。どうせ途方にくれるだけだ。だから、なんにもしないほうがいい。それなのに、おれの口は動き続けるし、お前はそれを書きつける。

おれはここを知っている。お前はまったく知らないから驚いているのかもしれないが、おれには驚きが一切ない。ここはおれにとっての日常で、おれは生まれたときからずっとここにいる。ここで生まれ、きっとここで死ぬ。ここで死んでいったやつらがおれの近くに無数にいる。

おれはそいつらのことをすべて記憶している。おれは自分の記憶のことを少し勘違いしているのかもしれない。名前なんかなにも知らない。自分のことを名乗ることなく死んでいくやつのほうが多い。おれはここ以外に知らない。

誰かが、なにかをつくっていると言う。おれはそう思っていない。おれの世界を見たら、お前はすぐここに馴染むのか？　それとも狂ってしまうのか？　お前とおれはとっかえることもできる。どうせ、ここで働いている者同士なんだから。それに気づけば、ここをつくりだそうとしているやつのことが頭に浮かぶんじゃないか。どうせ、それはお前がつくりだしたもの。お前がつくりだしたものはおれの中でも生きはじめるし、それはいつまでたっても、おれとお前の前には現れてこない。

104

わたしが使っている言葉は、夢とは少し違う。なにより寝る必要がない。それでも見ることができる。そのほうがより触ることができる。足は地面を蹴ることができる。そうやって、ここにはないものを、完全にあらわすことができる。もちろんなにも見えない。これが見えたらとんでもないことだ。お前がここにいるってことは、見えているからかもしれない。

ここでわたしはずっと打ち続けている。これは杭《くい》じゃない。示したらおわりだ。なんにもないことを示してはいけない。これはわたしの体の振動だ。振動そのものを形にする。具体的にあぶりだす。そういう変化をもたらす。なにも変わっていないことを、そのままにしておく。そのために、わたしは打ち込んでいる。

ここにある道具はなんだって使えばいい。どれも道具だなんて思ってもいない。誰も気づいていないものばかりだ。ここでは誰も気づくことができない。気づかずに動いてしまう。動くことでしか伝えられないことしかここにはない。だから、人間たちはそれぞれに見つけるしかない。

わたしはこうして打ち続ける。それが石だろうと土だろうと、わたしはずっと続けることしか考えていない。考えてすらいない。ただできることをやっているだけだ。打ち続けるのは、その音が聞こえるからで、音はものとものがこすれて生まれるわけじゃない。生まれる前からあらわれていて、それをただ人間はなぞることしかできない。

しかし、それがつくりだすということなのかもしれない。わたしにはわからない。ところがずっとやり続けてわかったことがある。それはいつまでも終わらないってことだ。いつか何か変化があるのか、終わりがくるのか、もういいと自分で納得するのか、それともこの道具が破壊するのか。わたしはどうなるのかはわからなかった。

ただいつまでも終わらないだけだった。確かに何か変わったかもしれない。わたしの容貌はすっかり老けてしまって、わたしの手からは血が流れ、マメは何かの建造物みたいに勝手に領土を拡大し、それは手を凌駕して別の器官になっていた。わたしは放っておかれているのかもしれない。

わたしは考えることを放棄した。わたしはただ奴隷のように作業を続けた。にしても、いつからこんなことになったのか。これはわたしが望んだことなのか。誰も教えてくれるものはいない。わたしはこのようにただ生きているだけだ。生きているだけで満足ができないのは、死のうとしているからだ。しかし、この周辺にいる死者たちは死んだとは決して口にしない。彼らはどこにいたのか。彼らはもともといたのか。彼らは移動するのか。彼らはこの土地で生まれたのか。彼らはわたしが聞くと、いつも声を出した。

105

これはロンが書いた本なのか。わたしはただ見ている。本もなにもここには紙一枚落ちていなかった。文字などどこにもない。しかしロンはどこかにいるはずだ。ロンはさっきまでそこにいた。ロンと出会っていたはずの場所とは明らかに違う道を歩いていた。ここには道すらなかった。手付かずの場所で、誰も侵入したことがなかった。しかし、人間は無数にいた。わたしの知らない動物たちも生きていた。動物たちはここで発生した。自然に産み落とされた。誰かの手によってつくられた生き物ではない。彼らはずっとここにいた。彼らはまだわたしの前にいた。声が聞こえてきた。声は次々とわたしの前にあらわれ、気づくと完全に声に取り囲まれていた。水が湧くようにいろんな形の時間や場所があらわれては、流れていった。もとのわたしであれば、今頃、息ができなくなって死んでいるかもしれない。しかし、今のわたしはここで息をすることができた。しかも歩いていた。わたしは目的地があることも知っていた。そこへ向かって歩いている。体が理解していた。誰からも案内されることなく、ただ向かっていた。ロンの声は聞こえてこなかった。しかし、鳴り響く声はロンの気配を感じさせる。わたしは安心していた。目をくり抜かれてもよかった。あらゆる生き物が歩き回り、植物は繁茂し、前に進めないくらい生気であふれていた。

106

森は鬱蒼と茂っていたが、これはわたしに見えているものではない。それでも足を動かせば、一歩ずつ着実に前に進んだ。周囲を確認しようと首を動かすと、少し視界がぶれたが、すぐに焦点を合わせることができた。これはわたしが見ているもので、わたしは何かを読んでいるわけではなかった。もちろん手にはなにも持っていなかった。

わたしは見慣れない植物に対しても、ほのかな懐かしさのようなものを感じるようになっていた。わたしは自分がこの場所に馴染んでいるように思えた。しかし、それはわたしが自分を取り戻しているのではなかった。むしろ、わたしは混乱していた。わたしは体の中で動いているものから距離を置いていた。

これはわたしの体の中で起きていた。風景が見えた。森は少しずつ成長していた。もともとはなにもない場所だった。場所ですらなかった。砂つぶ一つ見当たらなかった。わたしは真っ白い箱の中にいた。どれが壁なのかわからないほど真っ白だった。体はどこにもぶつからず、わたしはずっと歩き続けることができた。

絶滅寸前に見えたが、植物はいまだに生きていて、変化を続けていた。わたしはそこに足を踏み入れていた。わたしだけではなく、無数の人間がいた。ここにもあそこにもいた。目を動かせば、人間たちは隠れるように、茂みに身を潜めた。わたしに見つからないようにしていた。それでもかまわなかった。もうすでに会っていたし、彼らが伝えようとしていることは、言葉ではなくてもこちらに十分通じていた。だからこそ、わたしはさらに先へと進もうとした。

茂みをかきわけ進んでいくうちに、わたしの指は次第に緑色に変色していった。わたしは植物に侵食されているような気分になった。それは悪いものではなかった。わたしの体で植物が思考しているように感じた。わたしではない頭が体から飛び出していた。わたしは頭のことを強く思い浮かべた。頭といっても、頭蓋骨があるわけではなかった。わたしの頭とはずいぶん形も違っていて、人間のものではなかった。柔らかく、触ればすぐに引っ込んだりした。わたしが触ったわけではなかった。わたしの手はすでに葉っぱの塊になっていて、動かすことができなくなっていた。

わたしの体はすべて葉っぱで覆われていた。頭は大きくなっていて、わたしの体全体がすっぽりと入ってしまった。身動きが取れなくなったわけではなく、わたしはより自由に体を動かすことができるようになった。飛び上がることもできた。遠くのものを近くで見ることもできた。嗅いだことのない豊かな匂いを、体の内側に送り込むこともできた。

匂いは体の中に充満し、それによってわたしの視界はより鮮明になった。けもの道すらないこの森の中でもわたしには歩くべき場所が見えていた。

わたしは茂みを抜けた。長い時間がたった気がしたが、その途端、ロンの顔が浮かんできた。ロンの顔は、幼くなったり年老いたりした。わたしが見たことのないロンの顔だった。ロンはわたしを案内するつもりはないようだ。姿を消したり、二重にぶれたりした。電気信号のようにノイズがかった姿のときもあった。それでもわたしの目の前にはロンが立っていた。

光が差し込んでいた。朝日のようなまっすぐな光は、茂みの向こうにあるなにもない場所を照らしていた。わたしはここに向かってきていたことを思い出した。

107

光はすぐに消えてなくなった。わたしは歩いているのかすらわからなくなった。もうすでにわたしは無数に分裂していた。小さく切り刻むのではなく、綴じていた紐が解《ほど》けるようにわたしは裂けていた。見たこともないわたしの中には巨大なわたしがいた。わたしと呼ぶにはためらってしまいそうな生き物もいた。小さな虫のようなそのわたしには器官もすべてそろっていた。何度も進化してきたのだろう。そういった生き物が勢揃いしていた。彼らはてんでばらばらに動いていて、通りすがりの人間のように声もかけずに通り過ぎていった。空に向けて飛び立ったまま、二度と会わないものもいた。

ここはどこなのか。わたしは影で覆われた。見上げると、黒い影はどこまでも高くそびえ立っていた。何度も確認したが、ここにはなにもなかった。しかし、わたしはそこに存在しているものを感じていた。

ロンが言っていたものはこれだったのかもしれない。それは巨大な塔に見えた。しかし、塔は不安定で、いつ崩れてもおかしくなかった。柱もなく、支えるものはなにもなかった。接合部を糊やセメントでつないでいるわけでもなかった。まるで崩れる寸前を描いたような塔だった。影がどうにか集まっているだけだった。

影はまだ自分たちが建造物を構成する要素の一つだとは自覚していないようだった。ロンもそれをわかっていたにちがいない。影はもといた場所に戻ろうとはしていなかった。ここでは重力が働いていなかった。しかし、わたしの体はますます重く感じた。気づくと、わたしは這いつくばっていた。体はもうこれ以上動くつもりがないようだ。

しかし、わたしはますますこの塔に惹かれていた。まるで家に帰るように進もうとした。前進すると、影と影の隙間が目に入った。わたしは虫の目で見ていた。視界は徐々に収縮し、針の穴のようになった。わたしは指も通せないほど小さな隙間を見つけると体を押し込んだ。中に入ると、影に空いた無数の穴を通過した光が、まるでそれ自体が柱であるかのように射し込んできた。光の柱はまっすぐには伸びておらず、曲がっていたり、途切れていたり、斜めになっている。すきま風も吹き込んでいたが、その風すらこの塔の構造体の一つになっていた。不安定な塔はまるで、なにかの生き物の巣のようだった。

5

108

見覚えのある通りだった。わたしはまわりを確認した。なにもなく、あるのは瓦礫ばかりだった。草もない更地《さらち》が広がっていた。

頭の中で音が鳴っていた。いつものことだった。何度も繰り返し見てきた場所だ。警告音が聞こえてきた。わたしは一人でいる気がしなかった。わたしはいくつも町を通過してきた。今立っているこの土地にも、無数の人間たちが潜んでいる。目には見えていないが、わたしはそう感じた。

道路の向こうからトラックが走ってきた。昼間なのにヘッドライトが光っていて、わたしのことを察知した光線は弧を描いて、こちらを照らした。光線は生き物のように動いていた。逃げようとは思わなかった。後ろを振り返ることもしなかった。どうせ誰もいないのだ。わたしはただその場に立ちつくし、トラックが近づくのを待った。

トラックは目の前で止まった。運転席には見知らぬ男が乗っていた。知らない顔だった。何度もこうやってわたしはトラックに乗った。何度もさまよった。逃げるところはどこにでもある。建設現場の周辺にはいくつもの世界が広がっていた。労働者だけでなく、この辺にはたくさんの人間が暮らしている。他の生き物だって、どこかに潜んでいる。

わたしはまた現場に戻ろうとしていた。

もちろん、これは自分の意志ではない。ただトラックがやってきたからだ。トラックを見つけなかったら、わたしはまださまよっているだろう。わたしは今もさまよい続ける自分の姿をいつまでも追い続けることができた。そういう目の存在にも気づいていた。わたしは体にくっついているさまざまな器官とは別に、わたしを構成する道具があることを思い出していた。わたしは何度も繰り返していた。そしてまた現場に戻り、仕事を再開するのだ。わたしはこの繰り返しを不可解だとは思わなかった。

運転席の男は降りもせず、トラックはエンジン音を鳴らしたまま、揺れている。わたしは幌《ほろ》に近づいた。わたしは自分が手に持っているものを確認しようとした。しかし、なにも持っていなかった。紙も鉛筆もなくなっていた。きっとどこかに置いてきたのだ。荷台に上がると中は真っ暗だったが、めくれた幌の隙間から入り込んだ光が、座りこみうなだれている人間たちの顔を照らした。誰もが黒ずんだ顔で、誰一人としてこちらを振り向きもしなかった。

109

声が聞こえた。わたしは真っ暗な幌の中で声の聞こえるほうを向いた。労働者たちは持っている道具を雑巾《ぞうきん》で拭いたり、タバコを吸ったりしている。彼らはどこへ向かっているのかわかっているように見えた。道が舗装されていないのか、トラックは何度も大きく飛び上がり、幌の中の労働者たちが資材みたいに倒れた。運転手は速度を緩めることなく、トラックはひたすらまっすぐ走り続けた。

しばらくすると、幌の中の明かりがついた。幌は思ったよりも広く、まるで洞窟のように奥まで続いていた。わたしは声のありかを求めて、立ち上がった。トラックが揺れ、何度も倒れた。労働者たちは誰も文句を言わなかったが、みな何かもごもごとつぶやいていた。いろんな声が聞こえてきた。わたしの頭が混乱しているだけなのかもしれない。わたしはトラックに乗り込んでいると思っていたが、実際にはトラックではなく、地鳴りのする洞窟の中にいるのかもしれない。穴の奥を覗くと、何かが動いていた。労働者たちとは違う声を出していた。その唸り声のような音に耳をすませると、労働者たちが石に見えてきた。

わたしは自分の感覚をおかしいとは思わなかった。ここではいつものことなのだ。わたしはここでこうやって行動してきた。今の状態だって、何一つ異常はなかった。体はすでに馴染んでいた。わたしは頭の中で、なにかおかしいと感じていたが、その違和感をもっている自分の感覚こそわたしではないような気がした。

わたしは座りこんだまま、小さな幌の中でうずくまっていた。横にいた労働者がこちらを向いた。男の顔を確認しようと首を動かす必要すらなかった。わたしはもともと男を眺めていた。わたしはその男のことを知っていた。男もまたわたしのことを知っていた。一度、会ったことがある。一度だけなのかどうかわからなかったが、わたしは懐かしく感じた。わたしが何度も頭の中で迂回している間も、男は気にすることなくゆっくりとわたしが戻ってくるのを待ち続けた。

110

男はわたしの肩に手を当てた。手はとてつもなく熱かった。男は自分の右人差し指を舐めると幌に突き刺した。幌はビニール製だったが、溶けるように穴があいた。わたしはその小さな穴から外を眺めた。

町が見えた。わたしがいた。女が見えた。わたしはあの町に行ったことがある。思い出した途端、町は消えた。ただの更地が広がっていた。更地は目をこらすと草原に見え、引いて見ると穏やかな海になった。わたしは泳ぐ生き物の姿を追いかけていた。

穴をのぞきこむと朝の光が輝いていた。わたしは産まれたばかりの赤ん坊のように見えているものを迷うことなく受け入れた。

ガルが走っていた。ガルはあらゆる森をなぎ倒し、そのままひきずりながらひたすら突き進んでいた。穴から見えている町は残像のようだ。走るものが見えた。馬に似た動物で、肌は白かった。泥をかぶっていたが、泥も白かった。地面は白い雪で覆われているように見えたが、雪ではなかった。わたしは穴から見える動物たちの動きに釘付けになっていた。動物の背中に人間がまたがっている。彼らは動物と一体になっていた。人間の手足は動物の皮膚と同化し、動物のたてがみは人間の顔に巻きついていた。

動物が地面を蹴ると、白い砂埃が立ち上がった。砂埃は消えることなく、植物が地面から生えているように見えた。

わたしの背後から男が声をあげた。男は動物にまたがった人間たちに向かって呼びかけていた。彼らは建設現場の周辺を動き続けながら生きていた。彼らは抵抗しているようには見えなかった。彼らは建設のことなど、気にすることなく生きていた。まるで建設自体が存在しない幻であるかのように、彼らは颯爽《さっそう》と草原を走っていた。わたしはそこに生える一本の草として、駆け抜ける彼らの姿を眺めていた。

しかし、ここもいつかガルによって更地になるのだろう。ばらばらになった樹木や岩は後に化石となって採集され、現場の材料として運び込まれてくる。草原の記憶は一つ残らず忘れ去られるのだ。しかし、わたしは見ていた。わたしは忘れないのか。わたしはただ姿を変え続けながら、光に当たっている目の前の光景を見続けた。思い出のようなそれらの光景はいつになく輝いていた。

わたしは自分が見ていると思えていなかった。見たことのある風景があらわれても、その細部はどれも知らないことばかりだった。

森に漂っていた時間が姿を見せた。わたしは何度も座ったり、歩き回ったり、出会った人間たちと話したり、動物たちの息吹《いぶき》を体に通過させたりした。体全体が一つの方向を示していた。わたしはすべてを見ていた。目はどこまでも鮮明になっていった。体は熱を帯びていた。

わたしの頭の中は風景や音でいっぱいになっていた。どこかへ逃げ出さないと、破裂してしまいそうだった。しかし、鼻や耳は閉じていて、口にも膜が張っていた。幌の穴だけが空いていた。わたしはただ穴に目を突っ込むことしかできなかった。まるで体の中を覗いているようだった。わたしは何人もの人間に体の中を覗かれていた。彼らはここに町をつくり、そこで暮らしていた。無数に空いた穴からは目玉がこちらを見ている。わたしは空気を求めるように穴に近づくと、目をあてた。

111

トラックが停車した。幌の幕がめくれると、外に出ろと言う声が聞こえてきた。現場に降り立つと、空を見上げた。何度も見た空だった。建設途中の建物はずいぶん背が高くなっているように感じた。屋上のクレーン車が、地上から資材をひっぱっている。

看板にはC地区と書かれている。わたしは水屋の前に行くように指示された。今からまた仕事がはじまるのだ。しかし、なにか様子が違っていた。

112

わたしは建設現場をさまよっていた。声をかけられた。いろんな声が聞こえてきた。肩を摑まれ、現場まで連れ戻されそうになった。しかし、わたしはわき目も振らずに歩き続けた。建物の陰に捨てられていた鉄の塊が目に入った。わたしは資材を運ぶための手押し車にその鉄くずを載せた。手伝ってくれる者もいた。彼らが労働者なのかわからなかった。彼らとは話すことができたが、自分がどんな言葉をかけているのかはわからなかった。それなのに意思が伝わっていた。

わたしは狩りでもするように、なにか材料を集めていた。わたしは自分の記憶を探すように歩き回っていた。建設現場では相変わらず建設が続いていた。地下にある新品の資材を、わたしのために隠してくれていた者もいた。わたしは隆起する地形のようなものが体の中に潜んでいるのを感じていた。

わたしは集めたものを、隠しておく場所を見つけた。建設が終わっている建物の中の大きなホールだ。何をする場所なのかはわからない。もともと、ここには用途のある建物など一つもない。だから、ここも無意味な空間なのだ。わたしはここを作業場にすることにした。

わたしは毎日、そこらじゅうを歩き回った。わたしは自分で考えて動いている。もちろん、これはわたしが考え出したことではない。わたしは自動的に歩いていた。いつもなにか材料が見つかった。何かに使えると直感を感じたことはなかった。わたしは何もわからなかった。しかし、わたしがなにかわかったことなどあるのか。そんなことは一度もなかった。それだけはわかっていた。

石ころも、わたしにとっては大事な材料だった。いつのまにか、わたしは転がっているものを一つ残らず集めはじめていた。わたしは歩き、ときどき立ち止まっては転がっているものを拾い、それをポケットに入れた。その行為をただ続けた。わたしはここで働いている労働者でもなんでもない。

113

わたしは長い間、ただ拾い続けては、作業場に積み上げていった。作業場の天井高は十メートル以上もあった。ここはもともと人が集まるために作られたのだろう。昔は無数の人間が集まっていた。ここにはあらゆる本が置いてあった。どれも労働者たちが勝手につくったものだ。ここに並んでいる本に書かれた言葉は今では誰も使わなくなっていた。ここで暮らしていると、誰もが無口になった。内気だからというわけではない。みんな言葉を忘れてしまうのだ。忘れたことすら記憶から消えていた。誰かが消したわけではない。それらはもともと存在しなかっただけだった。

積み上げられた石や鉄くずや枯れ木は天井に届きそうになっていた。わたしは自分がつくりあげたとは思わなかった。わたしはただ小さな破片を集めただけだ。わたしは知らない場所をただ歩いていただけだ。わたしはここで生きていたわけではない。わたしは混乱しているだけだった。

わたしは石の上にまた石を積み、体をぶつけた。石の山はすぐにもとのばらばらの石となってちらばった。ただ石が並んでいた。わたしが意図して石を並べたわけではなかった。わたしは拾い集めているだけだ。ただ自分の思う通りにやっているだけだった。わたしはこれがしたいと思ってやっているわけでもなかった。わたしはただ時間を潰すためだけにやっていた。なんでこんなことをやっているのか、わたしはわからなかった。そうやって時間をやり過ごしていた。それでもわたしは作業をやめなかった。

わたしは行動を起こす自分自身が考えているあらゆることに対して理解ができない。もうすべてどうでもいい。わたしは自分が生きていることを放棄しようとした。もう頭が爆発しそうだった。わたしは生きていることが間違いなのではないかと思うようになっていた。わたしはその都度、自分がつくったものを壊していた。しかし、次の瞬間にはまたつくりだしていた。いつのまにか建物よりも巨大になっていた。考えていることが、そのまま現実に起き上がっていた。つくりだすものはなにかの構造を持ち、倒れないままでいた。どれも自分が考えているものから離れていった。わたしはいま、ここにいること自体、疑っていた。

わたしはなにも方法を持たず、ただ歩くだけだった。拾ったものも結局、どうすればいいのかどうかはわからない。一日の終わりには、ただなにかしたのか、したような気はするが、充実することなどなにもなく、ただなにかをした感覚だけが残った。触覚はあっても、頭で思い浮かべたことがそのまま手に伝わるような感触は一度もなかった。そういうものから離れようとさえしていた。わたしは困りはてていた。しかし、それこそがわたしがやろうとしていたことだった。それがわたしの意図だった。

わたしは本当にここにいた。どれもわたしから離れていった。石ころはどんどん積み上がっていった。わたしは作業服のいたるところにあるポケットに石ころを入れて、一日中歩くようになった。疲れ果てて作業場に帰ってくると、ポケットから石ころを出し、そのままその石の上に眠った。体中にあざができていた。しかも、いつの怪我なのかわからなかった。わたしは自分のことがわからないだけでなく、どこを歩いているのかもわからなかった。それなのに、わたしはあらゆることを試そうとした。こんなことを続けていても、仕方がないのはわかっている。しかし、わからないことがわたしの頭の上に雲のように漂っていた。わたしは雲に顔をうずめてしまい見えなくなっていた。わたしはどうしたらいいのだろうか。これからどうすればいいのだろうか。迷うこともないのに、わたしは自分が体と離れているのを感じていた。逃げようとしていた。

わたしは何度も同じ道を歩いていた。わたしはそれで気づいた。わたしはやり方がわからない。それでもやめることができない。わたしは体がきつかった。なぜきついのかもわからない。わたしにはそれがまったく納得できなかった。

114

続けるしかない。これ以外にやることなどなにもなかった。そう感じると、体が少し軽くなった。わたしは拾い集めたものを積み上げるだけでなく、地中にも埋めるようになった。埋めてしまうと一切見えなくなった。しかし、わたしにはそれがどこにあるのかすぐにわかった。勘なのか、わたしの見え方が変化しているのか。わたしは気にすることなく、どんどん埋めていった。

115

わたしはどこにいるのかわからなくなった。わたしがつくりつづけているものはそれくらい大きくなっていた。しかし、目に見えてわかるものではなかった。わたしがそう感じていただけだ。それにもかかわらず、気づくとわたしだけでなく、他の人間たちも暮らしはじめていた。わたしがつくったものだとは誰も気づいていなかった。

もちろんわたしがいることはみんな知っていた。労働者たちはいつのまにかわたしのことを名前で呼んでいた。彼らの目にわたしが映りこんでいた。わたしはただつくりつづけているだけだった。しばらくすると労働者たちは家族をつくった。家も立ち並びはじめた。わたしの目には瓦礫が積み上がっているようにしか見えなかったが、町には人々の声が溢れかえっていた。わたしは日中は外出し、建設現場内をひたすら歩いた。なにか見つけると、すぐにポケットに入れた。夜、建物に戻ってくると、拾ってきたものを無造作に投げやった。しかし、それはただの演技だった。実際、わたしは自分の中で構造を考え、配置していた。

自分がつくろうとしていることはしっかりと頭の中にあった。空間はすでに立ち上がっていた。しかし、それはあくまでも頭の中の世界でのことだった。現実に放り出すとすぐに倒れて崩れてしまった。石ころは自立し、次第に彼らだけで群れるようになった。

ここにはペンもいた。タダスもウンノもいた。わたしがこれまで現場で出会ってきた労働者たちは大抵集まっていた。それなのに、わたしが彼らと目が合うことは一度もなかった。労働者同士はよく話をしていたが、わたしは彼らから離れていた。疎外感を感じたわけではない。わたしは彼らの寝床をつくっている実感があった。彼らもそれを感じ、感謝してくれているようだった。感謝のための祭りも行われた。しかし、わたしが呼ばれることはなかった。祭りはわたしが外に出ているときに行われた。帰ってくると、酔っ払った労働者たちがうわごとを言っていた。中にはわたしに悪態をついている者もいた。それでも悪い気はしなかった。彼らはみんなここを気に入っていた。そのことがわたしにも伝わっていた。

わたしの存在はどこにあるのだろうか。そんなことを考えたこともあったが、それは最初だけで、すぐにどうでもよくなった。彼らにはわたしが見えていなかった。彼らはわたしに目を向けようともしなかった。しかし、わたしたちはそういう関係だったのだ。わたしと石ころの関係と同じだった。わたしもまた石ころがつくりあげている町の中で生きていた。そこは大都市といっても間違いではなかった。わたしの背丈を越すような石など一つもなかったのに、わたしの体は影で覆われていた。わたしは石ころの町の中を一日かけて探索したこともあった。労働者たちがどのような生活をしているのか、どのような家に住み、どのようなベッドで寝ているのか、どのような食事をし、食材はどこで手に入れているのか、わたしはそういったことを一切顧みずに、ひたすら石ころの町をさまよった。

ここで暮らす労働者は毎日増え続けていた。それはトラックに乗せられ運ばれてくる労働者の数を物語っていた。わたしがつくりつづけているものはかなり大きな町となっていた。当然、いろんなことが起きた。畑を耕す人間もあらわれた。新しい動物も生まれていた。地域ごとに話す言葉が違い、中には二、三人しか話せない言葉もあった。そういった場所では、言葉を残すために歌い、踊る者までいた。祭りとは別に、歌は延々と終わることなく、鳴り響いていた。労働者たちが眠っている間も、歌は途切れることがなかった。わたしはますます帰ってくるのが遅くなっていった。しかし、それでも焚き火の炎が燃えていた。わたしが口笛を吹くと、炎が勢いよく揺れ、炎はさらに大きくなった。わたしがまぶたを閉じると、人間たちはみんな眠りについた。それでも炎は消えることがなかった。そして、翌日になると、労働者たちはちゃんと作業服を着て、現場へ出かけていくのであった。

116

ここで起きていることを、わたしはすべて知覚していた。人間たちはこの町の名前を呼ぼうとしていた。口からもう言葉が出てきそうになっていた。わたしは離れていた。この町はわたしが暮らしている空間ではなかった。わたしには食事が回ってこなかった。次第に建設現場の記憶が薄れていった。それと引き換えに、この町での記憶が強まったわけでもなかった。それなのに、わたしはこの町を隅々まで知覚していた。歩いたこともないのに道を知り尽くしていた。そもそも歩けるような道は一本もなかった。少なくともわたしはそういう場所を見たことがない。わたしがつくりあげた町は、ただの瓦礫から成長した。わたしは地図を手に持っていたが、紙に描かれたものではなく、それはわたしの頭の中にしかなかった。

労働者たちはこんな町に暮らしていた。彼らは果たして生きていると言えるのだろうか。毎朝見ている彼らの顔は日増しに健康そうになった。彼らは家族をつくり、家族はさらに拡張していった。わたしはといえば、年をとったからか体の調子を感知することもできなくなっていた。わたしは自分自身が町になっているように感じた。

わたしはいま、どこにでもいる。わたしはそう実感している。なにか硬いもので覆われているような感じがしたが、それもすぐに溶けてなくなってしまった。囚われているのでも、見られているのでもなかった。わたしはただ知覚していた。わたしは町になっていた。わたしは自分の顔を確認することができない。建設現場に行けば、水たまりがそこらじゅうにあるはずだ。しかし、足を動かそうとしても、自分の体の動かし方がわからなくなっていた。ずいぶん昔に忘れてしまっていた。

光線が射しこんできた。ここは地下だ。太陽光が入りこんでくるはずがない。それなのに、わたしは眩しくなって、目をつむった。目を閉じると、真っ暗のはずだ。それがわたしの体だったはずだ。しかし、視界は光であふれていた。

わたしは次第に寡黙になった。ここで暮らす人間の数はさらに増えていった。そのたびにわたしの体は新しい場所を確保するために、皮膚を引き伸ばしていった。労働者たちは地図を見ながら少しずつ地面を開拓していった。労働者たちはさらに奥に進むつもりだ。彼らの後ろ姿や話し声がわたしの目や耳だけでなく、体全身を振動させるので、わたしは、見ていなくても、誰がどこにいるのか手に取るようにわかった。

わたしにできることはその変化を痛みと捉えるよりも先に、観察することだった。感覚より先に、わたしは自分で新しい道具をつくりだした。

117

これはわたしが想像しているのではない。この町はわたしが考えたことではない。しかし、これはいま、わたしの中にある。外にもある。ここには人々が暮らしている。そういう現実がある。こちら側にある。わたしはすでに存在しているものをただ見ているだけだった。ここにはいくつもの時間が流れている。石の中にも時間が流れている。瓦礫の中では分断された時間が新しい家屋をつくりだしている。人間たちはそこで暮らしている。わたしはそのいくつかを知覚しているにすぎない。知らない時間であふれていた。わたしは予感を感じている。わたしはもう目が見えなくなっていた。体はばらばらになっていたが、朝になるとわたしは何事もなかったかのように出かけた。わたしの体はこの町と同じように動いていた。わたしはそれでも見ることをやめなかった。

118

町の中を歩いていた。わたしは一つ一つの風景を確認するように歩いていた。確認するためにわたしは見たこともない道具を使った。自分でつくりあげたものだった。しかし、つくったときの記憶はもうない。記憶はすべて崩れ落ちていた。なにかが落ちて、音を出した。その音をわたしは聞いた。労働者たちの耳にも届いていた。労働者たちは一度、起き上がり、そして、また眠りについた。ここには何千という人間が暮らしていた。町はさらに大きく成長していった。わたしが集めつづけていたのはただの石ころだったというのに、毎日、とんでもない量の資材が運び込まれた。

わたしは何度も夢を見た。しかし、それをわたしが見たものと決めつけるわけにはいかなかった。わたしはつくりあげた。いつのまにか体の中に巨大な町をつくりだしていた。そこでは無数の人間が暮らしていた。そこで死ぬ者もあらわれた。そのたびに、わたしは弔った。わたしは目を閉じ、その息を聞き取れるように耳をすました。耳も動かなくなっていた。時計台から音が聞こえた。ここには時間がなかった。それでも腕時計をする者が後を絶たなかった。わたしは労働者の好きにさせた。わたしが口出しすることはできなかった。わたしは乗っ取られていた。これはわたしの体ではなかった。

わたしはなんのために歩きつづけているのか。わたしは休まなかった。わたしがそう選んでいるのだ。これはわたしが選んだのか。いつから道を歩いているのか。道の途中でたびたびさまよった。そのたびに誰かが道案内をしてくれた。顔見知りもいれば、はじめて出会った者もいた。ここで生まれた人間もいた。みんな道をよく知っていた。知らないのはわたしだけだった。しかし、わたしはそれでも歩くことを止めなかった。拾い続けることもやめなかった。それがわたしの仕事だからだ。

わたしは自動的に動く自分を感じ取っていた。そのわたしは、もともとここで暮らしていた。わたしとは別に健やかに育っていた。ここに家族もいた。町の外れに家もあった。町は三段階に分かれていた。はじめにきた人間たちが開拓した場所、排除された人々が暮らす場所、そして、その周辺に、ここで生まれた人間たちが暮らす場所があった。わたしはそこから歩いてきた。この町の中心部までどれくらいの時間がかかるのか知らなかった。歩くような距離ではなかったが、列車や車はなかった。舗装された道もなかった。わたしは歩くしかなかったのだ。動く必要を常に感じていた。だから、わたしは歩きはじめた。そして何度もさまよった。足は突然動かなくなった。わたしは体をうまく作動させることができない。わたしはそんなことを考えていた。そう記録してあった。わたしは日誌をつけていた。日付もなく、ただ思いついたことを羅列しているだけだ。わたしが見た覚えのある箇所は一つもなかった。しかし、わたしが書いたという記憶はしっかりとあった。わたしはここで暮らしていた。わたしは自分で書いたものを隅々まで読むことができた。言葉で書かれているわけではなかった。わたしの頭に感情が残っている。文字ではなく、わたしの体のどこかが感情に反応していた。それはわたしの感情ではなかった。それがわたしの言葉だった。

突然、崩壊は起こりました。誰も知らずに、気にもせずに、いつのまにか崩壊のアナウンスもなくなり、誰もが平和に暮らしていました。それでなんの問題もなかったのです。ところが、崩壊が起こると、突然、われわれは考えなくてはいけなくなりました。それができるための脳みそをつくりだそうとしました。われわれは感じていることを、そのまま手のひらで表し、意思伝達を行っていました。われわれはもともとここに住んでいた人間たちと約束を交わしたのです。われわれは何が起こるかを知っていました。しかし、伝達できずに困っていました。われわれは自分たちですぐ考え出しました。それは本能よりも強靭なものでした。われわれは食事をするよりも眠るよりも考え、そして仕事をはじめました。

仕事というものは、不思議なもので、突然、そこに現れます。つまり、必要に応じて、生まれるのではなく、突然、崩壊のように現れます。だから、いまも同じなのかもしれません。われわれはいま、崩壊しています。しかし、これは想像していた通りのことが起こっているだけなのです。だからこそ、この日誌の言葉が生まれたのです。

これはもともとある言葉です。だから、不思議なことは何一つありません。こうやって、よくわからないことを延々と書き続けることはおかしなものです。こうやって堂々巡りをするのです。当たり前の反応です。どうすればいいのかわからないのですから。どうすればいいのかわからず、われわれはどこにいっていたのでしょうか。これは壁ではありません。われわれはそれでも問題がないと思って、突き進んでしまったのです。仕方がありません。崩壊は起こるべくして起きました。だから、不安を感じずにいられないのです。

これはこれからはじまることで、終わりではありません。恐ろしいかもしれませんが、われわれは知っていたのです。それで、これから起きたこと、もうすでにこれは起きています。起きました。それでもわれわれは生きています。まずそれを確認してください。これはもうすでに起きて、何年も経っているのです。だから記録になっているわけで、これはもう過去のことです。それをまだ起きていないものと思っているのはわれわれの頭でしかありません。そこで起きていること、そこに生まれている時間や空間について、われわれはなにも言えないのです。それでも進むしかありません。ここまでひどいことになるとは想像もしませんでした。しかし、これはわれわれが選んだことなのです。

すべてのものが、離れていきました。そして沈黙がやってきます。これからずっと静かな状態になるのです。もうこれで終わりではなく、静かな状態がはじまります。それはわれわれにとって悪いことではありません。それでもまた次の日はやってきます。そして、われわれはますます静かになります。口を閉じます。言葉を失います。目はもう見えてもいいはずです。見えないと思っていたのはわれわれの勘違いで、言葉を使ってそう感じていただけです。

われわれがこの記録を読みあげているのは、これで終わらせようとしているからです。記録をつくることを終わらせるのです。そのかわりにわれわれは起きることができるようになります。そして、沈黙することを覚えていくのです。それはわれわれが求めていたことです。それをこれから言葉にするのです。もちろん、これはわれわれがつくりだしていたこととつながります。いつか、こうなることがわかっていた。だから、われわれはつくりだしたのです。この街を。この建設現場を。それは関係があります。あらゆることが関係しています。

空間が生まれてしまったのは時間が発生したからです。なによりも先に生まれてしまったのは時間で、その時間にわれわれは取り込まれてしまっています。それに対処するために、われわれは崩壊という方法を選んだのかもしれません。だからこそ、もう一度、われわれがつくってきたものを振り返る必要があります。

これからはじまる崩壊ですらわれわれは自分で理解していた可能性があるのです。もしくははじめからそう仕組んでいたのかもしれません。起こる日時すら指定していたのかもしれません。

われわれはもう聞くことをやめています。なぜならもうすでに起きていることだからです。

だから、われわれにできることはこの崩壊をただ見ることしかありません。体の至るところで起こるこの崩壊は、建設現場をすべて粉々にし、あらゆる人々を分子状態に戻します。それははじめからわれわれの頭の中に入りこんでいました。それが起きているわけですから、誰も驚きません。われわれはただ時間がきたからここでこう読みあげているだけです。

これがすべてです。これ以上のものはありません。ただあるのは、これから崩壊の状態が、そのままあらわれるだけです。見たことはありません。もちろん経験したこともありません。われわれもまた記録されたものにすぎません。われわれは前もって、書かされているだけなのです。これは報告ではありません。これから起こることをわれわれは見ることなく、すでにすぎたものとして報告します。

それが間違っているのか、間違っていないのか、判断するのはあなたです。だから、最後に聞きます。これからはじまることを、あなたは知っていたのですか。それならば、なぜそれを止めようとしなかったのですか。なぜ、あなたはそのまま放置し、労働を続けたのですか。それは自分で理解していたのですか。それともあなたは自分自身であることを見失っていたのですか。これはすべてあなたのことで、あなたが設計したものです。設計するためには頭に思い浮かべるだけではなく、あらゆる手段、書類申請、などが必要だったはずです。それをすべて通し、そのうえで設計しているのです。

われわれはそのことを知りませんでした。われわれは常に、この建設が自然に行われているもの、一つの天変地異だとばかり思っていました。しかし、それは長年、たくわえられた力そのものだったのです。崩壊することが前提で、元に戻るどころか、その戻る場所ですらすべて崩れ落ちてしまうほどの強度をもった力だったのです。だからこそ、われわれは止めようとしました。

あなたもまたそのために動いたのだと信じたいところです。しかし、それは不可能だった。これからはじまることが、どこまであなたの想像通りだったのか、知る者はもういません。それを知る者はあなたですらない。ここにまた生まれてくる生き物や、無機物かなにかがいるのでしょうか。それをあなたは見ていたということなのでしょうか。どちらにせよ、はじまるものはじまります。それがたとえあなたの想像とは違うものだったにせよ、われわれはもうここにはいないのです。だからこそ、これを最後の時間だということもできますが、それはとても短く、終わりのない時間かもしれません。

表紙・カバー絵　坂口恭平

著者略歴

（さかぐち・きょうへい）

1978年，熊本県生まれ．2001年，早稲田大学理工学部建築学科卒業．作家，建築家，音楽家，画家．2004年，路上生活者の住居の写真集『0円ハウス』を刊行．2008年，それを元に『TOKYO　0円ハウス　0円生活』で文筆家となる．2011年，東日本大震災をきっかけに「新政府内閣総理大臣」となった経験を『独立国家のつくりかた』に著し大きな話題となる．2014年『幻年時代』で第35回熊日出版文化賞，2016年『家族の哲学』で第57回熊日文学賞を受賞．その他の著書に『徘徊タクシー』『現実宿り』『けものになること』『家の中で迷子』などがある．

坂口恭平
建設現場

2018年10月20日　第1刷発行

発行所　株式会社 みすず書房
〒113-0033 東京都文京区本郷2丁目20-7
電話 03-3814-0131(営業) 03-3815-9181(編集)
www.msz.co.jp

本文組版 キャップス
本文印刷・製本所 中央精版印刷
扉・表紙・カバー印刷所 リヒトプランニング

ISBN 978-4-622-08741-0
[けんせつげんば]